バックオーライ、ぶち当たるまでオーライ

坂本 春美子
Sakamoto Sumiko

風詠社

温かい布団の中で今日も目が覚めた。

ここはあの世か？　それともこの世か？

どうもこの世であるようだ。

70歳をとっくに過ぎた私。

天気だけは気にして、毎日の計画を変更しなければならないのである。

若き日に、今度こそもう絶対に東京へは戻らないと決心して向かった親元で、母から「いつ帰るの？」と聞かれ、「ウン、何日に帰る…」と答えた私である。

東京に帰ってきてよかったと振り返る。

現在、千葉で暮らしている。先日、遊びに来てくれた息子たち家族を車に乗せ、高速道路を通って家まで送った帰り、「メガネ、メガネ」と大騒ぎする私を見て、息子が「かけているよ。大丈夫かい？千葉の家まで帰れるの？」と聞いてくる。

何を言われてもなんのその。

あと何年こんなふうでいられるのかなぁ…。

目次

＊文中に登場する人物の名前は、プライバシーに配慮して全て仮名としております。

まえがき

この世であるようだ。ありがたい。今のこの時間に感謝して…と。エィと布団を足で蹴飛ばし、サァ、こんなことしていられない。貧乏性の始まりとなる。

温かい布団から抜け出さなければ、ゴミも山になっているし、洗濯と掃除もある。今日は絶対あそこの物置の中の整理をしなければと頭の中に本日の業務計画を描き出し、とりあえず食事を適当に済ませた。

気合を入れて四角いところを丸く掃除し、洗濯を完了。物置の中の整理をと考えてドアを開け、どこから整理しようかなぁと見てみると、アッチもコッチも詰め込めるだけ詰め込まれていてめちゃくちゃ。「あぁ…面倒くさい。何も今日やらなくても明日がある。毎日が日曜日だもの、急ぐことない」と言いつつ、1年以上経ってしまった。

会社勤めをしていたときは日曜日と休日しか家のことができなかったので、30分あればこれができる、あれができると分単位で動いていた私であるが、その私はどこへ行っちゃったの？

若き頃は、少なくとも2人ぐらいの話を傍で聞いて、あっ、私も忘れていたと気が付き、ひそかに動いていたものである。私に聞こえよがしに言っている嫌味が頭上を通って行くときも、相手が何を言おうとしているのか理解できていてわざと知らない顔をしたり、食ってかかったりしたものである。

ところが現在、頭の上で何か話されても全然わからない。正面からしっかり相手の目を見て（目は83％の情報をキャッチするらしい）会話をするようにすれば少しはわかるが、そうしないと覚えていないし、何を話しているのか理解不能である。

息子に「こんなことがあったのよ」と話すと、「その話、3回目」と穏やかに返され、「それから、こうなってこうしたんだよね」と言われる。

また、ある人に「ここの写真はとてもきれいに映るのですよ」と話すと、「以前、写真を見せていただきましたね。本当にきれいでした」と言われ、私いつ見せたのかしら？なんて思うことも。

最近は開き直って、相手の方に「この話したかしら？」と聞いてから話を始めるようにしている。少なくとも以前はこの人には話をしているが、この人には話さないほうがいいなどと判断して区別していたものであるが、現在は誰に何を話したのかも覚えていないのである。

昔、お祖父ちゃんとお祖母ちゃんが「歳取ると人間が丸くなる」と話していたが、それは勘違いだったのではないだろうか。何を言われても頭の回転が鈍り、その場での判断と返さなければならない言葉がすぐに見つからないから、丸くなったように感じるのである。しばらく時間が経って思い出すと「アァ…こう言えばよかったのに」と思い、腹が立つ。歳を取るとトゲトゲになると聞いたこともある。これがまさしくトゲの原因であるが、相手にはわからない。

会社などの組織の中では全ての人たちと接しなければならないためできなかったが、現在は意見の合わない人たちと距離を置いている。働いていたときは、嫌な人とも付き合うことで人生勉強をしていたのかもしれない。

これから紹介する話に色々な人が登場するが、私も含めて名前は全て仮名とさせていただいた。これでトゲも丸くなる？

珍事とサラリーマン初日

3月も終わろうとしていた。

雨が降っている。

昨日までは5月の気候とテレビで言っていたが、今日は寒くてストーブをつけている。この気温の変化は何だろうと、最近はとても不安になっている。なんとなく自分の気持ちとよく似ているからである。

小説を読み始めたが、そういえば今まで本をほとんど読んだことがなかった。1時間くらいで、やはり飽きてきてしまった。内容は面白いのだが、じっと下を向いている姿勢が辛くなり、我慢できないのだ。伸びをして、どこかへ行くところないだろうか考えてみたが、この雨の中を行くところがない。

昨日、散歩のときに自転車に乗った80歳くらいのお婆さんとすれ違ったので、挨拶をした。

「こんにちは、今日は天気がいいですね～」

「私は元気ジャないんだよ。歳は取りたくないね～」

こういうとき、何と答えるべき？

何も考えないで歩幅を大きくして砂利道を歩くことに挑戦しようとすると、フラフラと体が横に傾いて田んぼの中に落ちそうになった。このとき、遥か昔にフラフラしたことがあったなぁと、若き日の出来事を思い出していた。もちろん私にも、脂が乗ってピチピチしていた若い時代があったのだ。


結婚して私（美里 茜）は東京で暮らしていた。

会社の飲み会が終わり、我が家へと向かっていたときのことである。ブロック塀が突然、目の前に近づいてきたのだ。「いゃぁね～。ブロック塀さん、なんで私に近づいてくるの。アッチへ行って」などと言いながら外灯の下を1人歩いていると、今度はさっきとは反対側からまた塀が近寄ってくるではないか。

「あなた、私に近寄ってこないで。アッチへ行って。いやだなぁ～、もう。あなたに好かれてもチョッとも嬉しくないの。いい男なら別だけど。誰か私を好きと言ってくれる人いないかなぁ」

そんなことを言いながら、誰もいない夜道を歩き続けた私。

当時のスタイル身長１６２㎝、体重49kg、黒のミニワンピースをカッコよく着こなし後ろから見ればモデルさん並み。真っ赤なショルダーバッグを首から前にぶら下げ、ハイヒールのかかとを右手の人差し指と中指で押さえて右肩に背負い、足はストッキングのみ。東京でよかった。もし田舎であったらどうなっていただろうか？　この悪行は当然村人にも知られて父母に迷惑をかけただろうし、家族はひどい目に遭っただろう。そんなことを想像してホッとしながら、１人ニヤニヤしていた。

やっぱり東京よ。バンザイ。完全に酔っぱらっていた私は裸足でアスファルトを歩き、夜中の12時頃、自宅に到着したが、玄関の靴を見るとまだ夫は帰ってきていなかった。ワンピースを着たまま足も洗わず、そのまま布団にもぐり込んだ。しばらくするとガダゴトと音がした。夫が帰ってきたようである。こういうとき、飲んべイおやじは最高だ。いつものようにイビキをかいて、すぐに眠ってしまった。ありがたや。

当時のフラフラと現在のフラフラは状態が全然違っているが、私にとってかけがえのない思い出である。しかし、この珍事はまだかわいらしいもの。お祖父ちゃんと妹も、笑える話を持っている。

まず、お祖父ちゃんのことから話そう。

私がまだ子供の頃のことである。その時代の実家の田んぼは現在のように耕地整理がされておらず、購入した場所がてんでんバラバラのため、家の近くだったりとても遠くにあったりで、田んぼに行くまでに大変な時間がかかっていた。お祖父ちゃんたちが農家をやっている時代は皆、歩いて田んぼまで行っていた。

冬のある日、お祖父ちゃんとお祖母ちゃんと私の３人が掘りコタツに入って手を温めていたときの会話である。お祖父ちゃんが話し始めた。

「昔な。大工仕事の合間に田んぼを耕していたんやけど、時間がもったいないから暗くなるまで田んぼを耕し（現在のように農機具などない時代であり、全て手作業だった）ていて、家に帰ろうと鍬を肩に背負い畦道（この道は私も手伝っていたので知っている。１ｍ前後の細い道だ）を歩いていくと素晴らしく素敵な家があって、その中から着物を着た美人の女の人が『あら、お疲れ様です。チョと寄っていきませんか？　美味しいお茶を入れて差し上げますから』と言うんやわぁ。俺はとても疲れていたんで『ウン、少し休ませてもらおうかなぁ』とゆうたんだ。するとと『どうぞ、どうぞ。今、ご飯の用意もしますので、その間にお風呂に入られたらどうですか』と言うだ。俺はお風呂に入るため着ているものを全て脱いで裸になり、湯船に胸まで浸かって最高の気分になり「あぁ、気持ちいい～」とお湯を自分の体にかけたんだ。すると周りは1m以上の高さの草がぼうぼうに生えていて、幅1mくらいの、川とゆうよりドブ川に等しい川の中にしっかりお座りをしていたんや。生温かいと感じたのは、ほとんど水が流れていなかったからだな。それから着ていたものを慌てて着ようとしたら、体中に蛭（蛭とは体の前後両端に吸盤があり、裾の隙間から侵入して感覚もないまま1時間くらい吸い続け、血が止まらない場合がある。そして1ヶ月くらい痒みが続くのである。私も川に泳ぎに行って度々経験していたが、農薬が散布されるようになるといなくなった）が血を吸ってくっ付いていたんやわぁ」

するとと、お祖母ちゃんが言った。

「爺様、スケベ根性を出して、いい女がいるとすぐそれだもの。後が笑えるんやで。蛭に大事なところも何もかも食われて、何匹にもやられたので毎日毎日、痒いと血が出るくらい掻いていたんやで。バチが当たったんやわ」

「あれくらいきれいな女は、俺は大阪に出稼ぎに行ってたくさんの女を見てきたけど、今までに会ったことがなかった。いい女だったわぁ…。もう一度会ってみたいなぁ…」

そう言って、懐かしがっていた。

「あれは、タヌキかキツネか知らないが化かされたんだ。素敵な家といい女だったんだぁわ」

お祖父ちゃんは上を向いてフッフッと、思い出し笑いを続けていた。

私は、タヌキとキツネがそんなに上手に人間を騙せるかしらと思いながら、２人の話を聞いていた。これは、お祖父ちゃんが60～70歳の頃にあった話のようだ。仲良しのお祖父ちゃんとお祖母ちゃんは、当時では珍しく貧富の差をはねのけて恋愛結婚した夫婦だった。

この話が本当だったのかデタラメだったのかわからなかったので、最近になってネットで検索してみた。するとビックリ。昔は私たちの周りに「人を化かす」たくさんの動物（例えばキツネ、タヌキ、ムジナ、イタチなど）がいて、これらの動物たちが「人を化かす」のは不思議でも何でもなく、「普通の出来事」だったというのだ。

１９６５年頃を境に、日本の社会から「キツネに騙された」という話が聞かれなくなったらしい。「なぜ１９６５年以降、人はキツネに騙されなくなったと思うか」と多くの人たちにアンケートしたことがあったようで、いくつかの意見に集約されている。

・高度経済成長期の人間の変化…経済が唯一の尺度となり、非経済的なものに包まれて自分たちは生命を維持しているという感覚が失われた。
・科学の時代…科学的に説明できないものは全て誤りという風潮になった。
・情報、コミュニケーションの変化…メディアの発達などで、かつてあった村独特の伝統的なコミュニケーションが喪失していった。
・教育内容の変化…必ず正解があるような教育を人々が求めるようになり、正解も誤りもなく成立していた「知」というものが弱体化していった。

・老キツネがいなくなった…人工林が増え、一方で自然のサイクルであった焼畑農法も行われなくなり、キツネの成育環境が変化（騙すことができると考えられていた）して老キツネがいなくなった。

つまり、近代化によって「キツネに化かされる」環境が破壊され、過去のものとして顧みられなくなったということだ。よって、お祖父ちゃんの話はまんざら嘘ではなかったということになる。お祖父ちゃんはきっと、とてもいい気持ちでキツネに騙されていたのでしょう。

妹にも面白い話がある。

結婚した妹の家族が病院に入院し、時間に余裕がなかったときのことである。

妹は会社から帰る車の中で、帰宅してから家族の食事の準備をして病院へ行こうなどと予定を考えていた。急いでいるのに、長い渋滞で時速20～30㎞くらいの速度で国道をノロノロ走るしかない。右や左に出てみたりしながらイライラしていた。前の車も同じようなことをしている。追い越そうにも列が続いており、反対車線にもかなり車が通っていて追い越すことができないのだ。頭の中は爆発寸前であったらしい。

私自身も同じ経験をしているから、妹の気持ちがよくわかる。職場と家と病院と毎日駆けずり回っていたことがあるからだ。ちなみに私は車の渋滞には遭ったことがないが、東京に出てきて初めて車を運転したときに自転車に追い越されたことならある。

まったく、もう。誰がこんなにノロノロと先頭を走っているのだぁ。妹は一言文句を言ってやろうと力んでいた。1時間ほどそんな状態が続いたが、次第に前の車がノロノロ運転をしている先頭の車を追い越し始めたので、自分も追い越してやろうと気合を入れ、左側の窓を開けて怒鳴ろうとその車に近づいたら、なんと運転していたのは自分の父親だったのだ。

「歳を取るとこうなるのかなぁ〜。だから車の車輪が外れて飛んでいってしまっても無事だったんだわぁ」

「えっ。車の車輪が飛んでいくって、それ事故じゃないの?」

「何でもなかったんだって。あの運転で皆に迷惑かけているんだもの。事故じゃなくて、あら〜ぁ、車が傾いたじゃないの」

もう、私の前には現れることのできない人たちの笑い話を思い出しながら歩いていると、前のほうから同年輩らしき男性が声をかけてきた。

「今の季節はサクラが咲き、どこを見ても素晴らしい景色で心が癒されますね～」

「ええ、そうですね。でも私、お花を見ている場合ではないんです。下が砂利道で滑って転ばないように、一生懸命に冷汗をかきながら下を見ているので大変なんです」

「そうだね～。若いうちとは違うから、転べば骨折して救急車だからね～。気を付けて歩こう」

なんだ。知っていたのかぁ…。じゃあ、この道で花の話などしないで。

立ち止まって上を向き、サクラの花をしばらくじっと見ていると、今度はめまいがしてくる。下を向いてもダメ。上を向いてもダメ。じゃあ、どうすればいいの？

じっとしているのが一番？

このじっとしていることは、遥か昔、50年ほど前から始まっていた。

学校を卒業した私は、明日からは自分の好きなように和裁もやりたい、お花もやりたい、編み物もやりたいと、タイタイタイ夢を頭の中に一杯詰め込み、心はルンルン気分だった。

東京で会社員として働き始めるサラリーマン初日の出来事である。

数名の新入社員と一緒に緊張していると「これを読んでいてください」と言われて、冊子と折り畳みの椅子を渡された。しばらくすると社内は賑やかになり、誰かが亡くなったとものすごい会話が飛び交っている。

フーン？　私にとっては大切な初日なのに、この騒ぎはなんだ…と思いながら、どの人が偉い人でどの人が平社員なのだろうなど考えたが、もちろん初日で組織の中身などわかるはずがない。じっと椅子に腰かけ、周りの人たちを観察していた。

「あなたはここへ連絡して」

「このお金は何時までに持ち込めばいいの？」

「集金してきたお金はどうするの？」

事務所の中を全員が走りながら話している。アタフタと駆けずり回っているが、走るのが私みたいに遅いのは誰だろう。それにしても、縁起でもない。私が入社した大切な節目の日に亡くならなくてもいいじゃない。エィ。座っていろと言われたのだからこのままじっと座っていれば、それで良し。と大胆な発想が私である。

どうやら経理を担当していた人が突然亡くなったようである。しかし、当時（昭和40年頃）は現金、約束手形、為替手形、小切手などが大量にあり、現在のように振込などとは程遠い時代であり、帳簿も全てソロバンを使って記入しなくてはならないという時代であった。現在では考えられないかもしれないが、パソコンも電卓もなく、その会社で最も速く計算ができる「手動給与計算機」がただ1つあるだけであった。

月に3回締めて支払が3回。明細を給与袋に入れての現金支払であったからかもしれない。しかし横の計算しかしないと思ったが（不明）。1枚の印刷用紙に10名分くらいの横書き明細が自動で計算され、縦計はソロバンをはじいて全体の合計を確認し、銀行に金種別明細（万札何枚、千円札何枚、百円玉何枚など別々に集計したもの）を出す。銀行で現金を引き出す場合は2人で行き、帰ってくると銀行で間違いがないか全てを再度数え直して、間違いがなければ各個人の給与袋に2人がかりで詰めていく。時々、銀行員が間違えていることがあったからだ。そんな時代であった。

じっと椅子に座らされたまま1～2時間経った頃だろうか、事務員が「今年入社された方でソロバンのできる人いますか?」新入社員たちに聞いてきた。周りを見渡すと誰も手を上げていない。

「ハイ、できます」

「早速で悪いんだけど、これ合計をしてくれない? 手形がこれだけあるから、いくらになるか計算して」と言って、ドンと束になった受取手形と小切手の束を渡された。とりあえず誰の机か知らないが着席して、ソロバンをはじき始めた。

するとと今度は男性が
「それが終わったら、今あなたが合計してくれた手形の伝票を起こしたから帳簿に記入してくれる?」と仕訳伝票(現在も市販されているコクヨ振替伝票)を渡された。しかし、その仕訳伝票が何をしようとしているのか不明でわからない。私は中学時代からOLになると決めていたので、多少簿記をかじってきている。

「あの～、この振替伝票はどういう意味ですか?」

「今、あなたが計算した手形を銀行に持っていって割引手形にする。そして預金に入れる」
「これ、仕訳が反対だと思いますが？」
「私は仕訳のことはさっぱりわからない。今日亡くなった人がいつもやっていたから」

入社当日からそんなことがあり、いきなり振替伝票作成要員としてソロバンをはじいていた。

初日はまず会社全体の話を聞いてからお茶くみや雑用の説明などがあり、その後に配属先が告げられるのだろうと思っていたのだが、気が付けばアタフタと元帳や補助簿の記入をしていたというわけである。ＭＹソロバンは必需品であるだろうと思っていたので、簿記の本とソロバンはきっちり田舎から持参してきていた。

学校を卒業して勉強から解放され、他の人たちとの競争もなくなったと心もハレバレ。さぁ自由だぁ…これから自分の好きなようにできる。誰かに何をしろと言われることもない。１人になって自由だぁ…と夢を描き、出てきた東京だったが、まさか入社初日に、本当の意味での学び（社会勉強）がスタートしたのだと知ることになるとは、夢にも思わなかったのである。

寮に帰ると簿記の本を最初から読み返し、特にその日処理してきた伝票がもし間違っていたらと不安になって夜もぐっすり眠れないと思いつつ、目が覚めたら本の上に地図が描かれていて、遅刻寸前だった。

会社に着いて、まず昨日亡くなられた方がどのように処理されていたのか伝票を1枚1枚確認してみた。ところが、字が達筆すぎてミミズが這っているかの如くシャラシャラシャラとなっていて、何が書いてあるのかさっぱりわからない。達筆なのは良いことであるが、誰が見てもわかるように書いておいてほしいものだ。近くにいる事務の人に聞いてみると、

「ウン、あの人1人で補助簿から何でもかんでもやっていたから、自分がわかればいいと思っていたのだろう」と言う。他の人たちに聞いてみたが、さっぱり不明だ。仕方がないので

「では、金額で追っていこうと思いますので、この元帳にあたる以前の伝票を見せてください」とお願いした。

以前の伝票を見ながら毎日作業を続けていくうちに、ミミズが這ったような字も少しは読めるようになってきた。周りでは葬儀の準備と経理事務経験者の募集広告

と慌ただしい日々が続いたが、私は人のことなどお構いなしに1人ゆったり振替伝票と銀行のお金の計算をしていた。このとき、本当の実務の会計処理方法を知った。会計処理はその会社に適したやり方で取り組まなければならないため、基本通りに処理すればいいというわけではないのだ。

同期入社したのは女性数名と男性数名だったが、私はいつの間にか経理に配属になっていた。こんなはずではなかったのにトホホ…。社会人初日からソロバンで始まり、この歳まで約50年近く、いくつかの会社を転々としてきたが、最後まで数字を計算していた。定年まで勤めた職場では、パソコンが導入されると自宅にも購入し、計算の速さに感激しながら若い人たちにも教えていた。50年前と現在のじっとしていることの内容や意味は違うが、それにも最近は慣れてきた。

周りを見ると切り株があり、椅子にするには最高の場所であった。そこに腰かけ辺りを眺めてみると、サクラの花が満開で素晴らしい景色になっている。わざわざどこかへ出かけていかなくても、ここでいいじゃない…などと思いながらうっとりしていると、時々出会う女性の方が通りかかった。

「あら、珍しいですね〜。腰かけているところなど見たことがないのに」

「えぇ…。あまりサクラがきれいなので、ここでサクラ見物なんです」

「そうですか。私もゆっくり見ていたいのですが、今日は用事があって」

そう言うと、そそくさと行ってしまった。

チョと待てよ、私が初めて東京に出てきたとき、会社の帰りに立ち寄っていた公園を思い出し、出かけたくなった。

もう50年以上前のことである。最近はどうなっているのだろうと思い、急いで自宅に戻りネット検索した。まだそのままのようである。

地図を確認すると、そこに行く地下鉄が出来ている。当時はまだ公園にするための準備で一部だけ土ならしされていて、鉄柵で囲まれている状態だった。そのまま半世紀以上行っていないが、当時とは様子が変わっているだろう。歩けるうちに見に行きたいと思った私は、翌日そこに行くための準備をしていた。すると、皇居がサクラ見学のため開放されているようである。せっかく東京まで交通費を使って行くのだから、まずは「皇居が先」と時間を少し早めて行くことにした。

皇居に入るにはかなり厳しい検査をされ、カバンの中を開けて見せる。またペットボトルなどを持っている場合には、本人が飲んでみる。そして長い行列。日本人以外に外人さんが多いのにも驚いた。平成最後の年に、急に思いつき一度も行ったことがない皇居へサクラ見学となった。これも私に与えられたチャンスと思い、胸が高鳴る思いでサクラ散策となったが、写真を撮るのを忘れた。

通い慣れた東京駅で昼食をじっくりと味わい、昔ここでアイスクリームをよく食べて帰ったなぁ…などと懐かしく周りを見渡したら、毎日通っていた通路もすっかり変わってしまっていた。その後、電車に乗って半世紀以上前によく通っていた公園に行った。18歳の頃に見ていた公園…。茶店は色あせ、木々は大きくなり、半世紀前の面影はなく、変わり果てていた。そこは、田舎から出てきて初めて目にした東京の公園だったので、余計に素晴らしかったような印象があり、記憶に残っていたのかもしれない。自分の姿と重ね、半世紀という時間はこんなにも風景を変化させるのかと改めて感じた次第である。以前はなかった地下鉄が、現在は通っている。自分は以前と少しも変わっていないつもりでいたが、この公園と同じく変化していることを受け入れなければいけないのだと思い、うなだれた。

その後、六義園にも立ち寄った。「65歳以上半額」と入口に表示されている。公園の中を見学すると、木がやはりものすごく高くなっていた。月日は同じように人の姿や性格なども変化させてきたのだろう。散歩コースのサクラ、皇居のサクラ、そして50年前の公園のサクラ、六義園と、たくさんの場所を訪れ、サクラを堪能した。果たして来年はサクラを見ることができるだろうか？　もう、これが最後かもしれないと思うと、しみじみとサクラの美しさが胸に染みる。帰りの電車の中で涙がポロリと落ちた…。

少女時代へひとっ飛び

平成30年11月、翌日数年ぶりに実家に行くことになり、私は切符を購入するため駅に行った。

気が付くと、窓口で対応してもらっていたが後ろにはずらりと人が並んでいる。駅員が

「悪いけどあなたのは時間がかかるから、後ろの人を先にしてもいいかなぁ」

私は時間がたっぷりあったので

「どうぞ」。5~6人対応してから、やっと順番が来た。

1人前の女性のとき、お客さんが駅員さんに

「えっ、こんなに安く広島まで往復で行けるの?」

「あっ間違っちゃった。往復だよね。片道と間違った」と言いながら駅員が慌てている。危ない危ない。

この駅で切符を買うのは初めてである。私も注意しなければ。あまり駅員を頼りにしないで、納得いくまで聞いて買わなくてはまずいと思った。以前、別の駅で購入したときと金額が違う。北陸までこの金額で合ってるのかなぁと不安だったが、高齢者割引を使うとこれくらいなのかなぁなどと思いながら購入を終えた。

待ち遠しかった前日、近所の人に8時10分に最寄り駅まで車に乗せていってもらう約束をした。早く寝ようと布団に入ると、しばらくして救急車が近くに止まったようだ。どこに来たのかなぁと思いながらも眠気に襲われ、そのまま寝入ってしまった。

翌日、さあ北陸へ出発しようと携帯で時間を確認すると、前日お願いした人とは別の友達から「私が茜を駅まで送る」とメールが入っている。約束していた時間より少し前に、その友達が家の門のところまで迎えに来てくれた。彼女の話では、昨夜の救急車はもともと約束をしていた彼女を乗せて行ったのだとか。話を聞いてビックリした。とても元気な彼女が…こんなこともあるのだ。大丈夫だろうか？ここで心配してもどうにもならない。時刻がせまっている。

東京駅新幹線乗り場へ到着したが、トイレに行きたくなり新幹線ホーム下のトイレへ行ってみた。すると、ものすごい人でかなり待たなければならない。そこで新幹線の中にもトイレはあったと思い出し、自由席しか切符を持っていないのでホームに止まっているどれでもいい「ひかり」に飛び乗った。着席することはできたが、しばらくすると見る見るうちに人、人、人となり、通路はギュウギュウ詰め、座席にまで人が押し寄せるような状態になった。トイレに行きたいのに立てる状態ではない。指定席に移動しようとしたらアナウンスがあり、「自由席、指定席とも満席となっていますので、自由席から指定席への移動はご遠慮ください」と言っている。わぁ、どうしよう。あぁ…トイレがトイレが…と、焦った。

遥か昔、子供たちがまだ小さいとき、田舎から出てきた親戚の子供たち親子を遊園地に連れて行ったときのことを思い出していた。普通の日は車で約10分で到着する場所なのに、連休ということもあって2時間以上経っても到着しないのである。今ならどこかコンビニなどに寄ってトイレを済ませることができるし、携帯電話で現在地の確認も可能だが、当時はコンビニも携帯電話もない時代だった。道は車だらけで、ほとんどが家族連れである。するとその左側2車線の間を肩から紐をつけて大きな箱にアイスキャンディを一杯入れて売りに歩くおじさんがいた。車は渋滞してしてほとんど動かないので、そんなことをしていても危なくないのだ。私の車に乗っていた人がいきなり後ろの窓を手で開け（自動ではなかった）て、「キャンディはいらないけど、オマルあるかなぁ…。高くても買うよ」と言っていたっけ。

私は現在、70歳をとっくに過ぎている。我慢の限界も近くなった。歳は取りたくないわね～。仕方がないので次の駅で下車し、用を済ませた。そして次の新幹線を利用しようとしたが、またしても「こだま」である。えい、仕方がない。それに乗ってどこか「ひかり」が止まる駅まで行こうと思い、乗り込んだ。着席していると、案内版に「名古屋止まり」と書いてある。そういえば数十年前、田舎から東京に出てきたとき以来、「こだま」に乗ったことがなかった。いつも「ひかり」を利用していたので大阪まで行くと思っていたのだが、名古屋止まりがあるとは驚きである。私が行きたいのは名古屋より先だ。名古屋まで行ってしまうと、乗り換えのホームが違うかもしれない。階段を下りたり上ったりしなくてはいけないのではないだろうかと考え、静岡で下車した。

時計を見ると12時を過ぎている。また新幹線が混むといけないと思い、お昼を済ませようとホームから降りて駅の食堂を探したが、スターバックスしか見当たらない。あまりパンは食べたくなかったが、そこで適当に済ませた。そして時刻表も何も見ないで次に来た新幹線に乗ることにした。また「こだま」である。着席して一息ついていると、名古屋駅に到着。すると今まで一杯乗っていた人たちがほとんど降りてしまい、私が座っている周りには誰もいない。どこ行きなのかと掲示板を見ると「新大阪行き」と表示されている。腰を浮かせて車両全体を見渡すと、遙か彼方に2名ほどの人が乗っている。ようやくホッとして、ほどなく目的駅に到着した。これまで何回も東京と大阪を往復していたが、こんなことになったのは初めてである。乗車前にトイレを済ませておけば…と思ったが、後の祭りだった。

ここから北陸方面の列車に乗り換えなければならないのだが、「こだま」で到着したので特急との待ち合わせが上手くいかず、しばらくの間待つしかなかった。時間がありすぎるので、駅そばを食べることにした。今まで駅でそばを食べたことはなかったが、時間を気にすることなく悠々と何にも考えないで食べていたら、今度はお腹が痛くなってきた。そう言えば、静岡で食べたのを忘れていたのだ。食べ過ぎである。またトイレへと向かう。今日は忙しいこと。用を済ませて落ち着いたので待合室に入ると、私と同じ「こだま」で到着した人がいた。その人に声をかけ、「こだま」と「ひかり」の到着時間について話は盛り上がった。普通は6時間もあれば着くところを、8時間かけてようやく到着。苦笑いしかない。

実家での用事が終わって2日後、友達と約束していた当日。18歳の頃、青春時代をともに過ごした女友達4人（仲良し5人組のうちの4人）と会うことになっていた。待ち合わせの時間は10時半である。隣の家の前に車が止まっていたので、門まで出ていくと慌てて車を回してくれた。

陽子「私、4時半だと思ってたら10時半だったの？　冨美代ちゃんが来たんでビックリしたんやって」

冨美代「本当は陽子が私の家まで来てくれて、私が乗せてあなたの家に行くことになっていたんやけど、あまり来んで呼びに行ったんや。そしたら『どうしたの？』だって。『エッ、4時半からでなかったの？　キャー大変、今行くから待っててや』て言うんで待ってたら、『着替える時間がないから』って普段着のまま出てきて、化粧道具を箱ごと持ち込んで車の中で化粧をしたんやで」

そうして我が家に到着したということだった。運転して来た冨美代「アレ？　私、入歯を忘れてきた」3人とも真剣。

私と陽子「これから食事をするのだから、入歯がないと美味しくないから今から冨美代ちゃんの家に取りに行こうさ」3人で冨美代の家へ。

そして、ようやく予約していたお店に到着すると、越子が首を長くして待っていた。70歳が過ぎている4人。出る話はというと、18歳の頃のことばかり。全員がすっかり18歳になっていた…。18歳って若いわよ～。

高校時代に、女性4人と男性4人で行った学生生活最後の日帰り旅行の話が飛び出した。しかし、陽子は旅行に参加していない。一緒に行ったもう1人（秋ちゃん）は京都にお嫁に行ったので、その日は来ていなかった。車2台で金沢に行ったのだ。女性のメンバーはわかっているが、男性は誰がいたのかさっぱり思い出せなくて、片っ端から名前を上げてみるものの、あの人でもない、この人でもない。

当時、私は高校の先生から呼び出しを受け、

先生「金沢へ行って何してきたんや？」と聞かれたのだった。

私「我が家の父母に男性4人が『高校最後だから、女の子4人と遊びに行ってきていいですか？』と聞いてくれて、父が『気を付けて行ってこいや』と許してくれたので、兼六園に行ってきました」

と答えたのだけど、先生、8人全員に聞いたのかと思ったら、私だけだったようだ。40数年過ぎて、60歳のクラス会のときに、聞かれたのは私だけであったということがわかった。この話で盛り上がったが、もう18歳に戻れない。このトシツキ。

おしゃべりに夢中になっていると、

店員「何を注文されますか？」

と聞きに来た。すっかり料理を注文するのを忘れていたのだ。幹事の

越子「ここはこれが美味しいんやでぇ」

と勧めてくれたので、全員が同じものを注文した。ここの和食はどれも美味しいそうで、お値段も手ごろである。私は全員にピーナツの乾燥させたものを千葉からお土産として持って来ていたので、注文した料理が来るまでの間に、食べ方について説明をし始めた。

ピーナツの袋を開けて、
私「これは、私が畑で収穫したものなのよ。スタイルは店舗のものと同じだけど、中身が違って乾燥状態がバラバラだから注意してね。食べるとき飛び散るから新聞紙を広げて、こうして食べるの」

と説明していると、料理を運んで来てくれた
店員「すごくいい匂いがしますね～」

と声をかけてきた。

私「千葉から持ってきたんです」

本当にいい匂いがしたのかしら？

越子「あなたたち、吉川さんが学生時代に富美代ちゃんの絵を描いて持っていた

の知っているんか?」
私「そうそう、吉川さん、冨美代ちゃんにレコード版や本も貸していたわね」
後に冨美代と吉川さんは結婚したのだった。若き日の思い出話は、まだまだ次々と出てくる。
私「冨美代ちゃんの家に勉強を教えてもらいに行ったのだけど、あのときは父親があなたの家の前まで送ってくれて、確か階段を上がると窓側に机があって、秋ちゃんもいたよね。そして窓の反対側に男性が何人かいたのだけど、誰がいたか思い出せない」
と半世紀前をつらつらと思い出して懐かしがっていたが、思い出せないのが素晴らしい。誰だったたっけ?
冨美代「私は秋ちゃんの家に行って、泊まったんやでぇ」
と出た。ここに秋ちゃんがいないのが残念。京都からは大変だものね〜。
ところで、私たちが学生だった時代には皆、家庭の手伝いをしていたのだった。
私「勉強するとお祖父ちゃんに怒られて、いつも成績は最低ラインだったと思う」
皆「私も同じだったぁ〜」

どんな手伝いをしていたか話が始まった。ある子は果物の袋かけが大変だったとか、また、別の子は家で牛や山羊を飼っていて「食事の準備は自分がやるのだけど、その家畜の乳でシチューを作ったのだが原液を使ったので、全員（従業員含む）が下痢をしてお便所が満員になり大変だった」という話などで盛り上がり、皆で大笑いしながら美味しい料理の数々を楽しんだ。

食事が終わったので、

陽子「あまり長居するとお店に悪いから」と喫茶店に場所を変えた。

陽子「小さい声で話そうさぁ」

と言っていたのに、飲みものも注文せず大声で話に夢中になり、気が付くと30分も経っていて、時間の経つのを忘れていた。

私「〇〇さんは亡くなったのではないの？」

冨美代「亡くなったのは、うちの旦那やで」

私「へェ、そうなの」

冨美代「誰でも殺してしまったらあかんわぁ…」

となって、ギャ…と大笑い。今なら何でも話せる。素晴らしい時間に感謝。当時ではとても話せないことなども平気で笑いながらぶっ飛ばす。これが72歳の強みと1人ニヤニヤ。

冨美代「若い頃は夜12時まで働いたんやで〜」

私も同じ。このときは話をしなかったが、千葉に引っ越してからは毎日朝5時に起きて犬の散歩、子供たちの食事を準備してから6時に家を出ると、千葉の田舎から東京駅まで行き山手線から地下鉄に乗り換え、会社に通っていたのだった。今、当時を思い返してみると、私みたいに物覚えが悪い人間がよく頑張ったと褒めてやりたい気分になる。

冨美代の辛さは、聞かなくてもわかる。大きなお店の由緒ある看板を背負い、若くしてご主人を亡くし、3人の子供を育てながらお姑さんたちを見送り、どんなに大変であったことだろう。私はお店とかお姑さんを気にすることはなかったが、明日の衣食住のために大変な労力を費やして毎日を一生懸命に働いていた。

「どこに行っても働かなくてはいけないということは同じだ」と私が結婚するときに、母が言った言葉である。

結婚したばかりの私は、社会とか男性のことなどもちろん知らなかったので、未知の世界だった。夢と希望を抱いて、ただ1人の人を信じて胸を膨らませ飛び立った故郷。

瀬戸は日暮れて夕波小波
貴方の島へお嫁にゆくわ
……
愛があるから大丈夫の…

この歌を聞くと思い出す。そこで何が待ち受けているのかさえ、想像できなかった私。絵に描いたような夢を描き、胸をワクワクさせながら降り立った東京。そのときには、これが波乱万丈の幕開けとなるとは思ってもみなかった。50年という歳月を耐え抜いて今がある。そして、素晴らしい友達が元気でいることに感謝している私である。

現在は富美代と私は同じ、畑に専念して自分の自由な時間を満喫している。越子はご主人と山登りに行ったりしながら、お孫さんに囲まれて賑やかな毎日を過ごしているようである。陽子は大好きな絵を描いて、夢見る少女になれる時間を楽しんでいる。

皆「茜はいつ、千葉に帰るんや？」

私「7日に帰る」

そして、千葉に戻り「ありがとう」と全員に電話した。すると

越子「今、どこにいるんや？」

私「今、千葉よ」

越子「あなた、7日に帰ると言っていたやろ…」

私「だから帰ってきたの」

越子「明日、7日やろ」

私「エッ、今日7日よ」

どっちが間違ってる？　私も今日が何日か不明のときが多いが、自分だけではなかったかぁ。

何の確認もしないで飛び乗った「ひかり」でトイレが我慢できなくなり、降りた駅。また確認しないで行先違いの「こだま」に乗り、再度乗り換えた「こだま」で

は、食べたことを忘れて食べ過ぎ、お腹を壊してまたまたトイレへ。本当はこんな私の行動について、全員の感想を聞いてみたい。何しろ忘れっぽいから、まだまだ何かあったかもしれないわね…。忘れてたらごめんなさい。悪しからず…へェへェへェ（笑）。

私は今まで会社と家庭、それぞれの事情を考慮して働くだけの日々だったが、この素晴らしい宝の時間。何も考えず夢中で18歳の少女時代に戻れた楽しいひととき、こんな気持ちは何十年と経験したことがなかったかもしれない。

田舎から帰り数日が過ぎ、畑に行くと隣の男性が話しかけてきた。

「しばらく見なかったけど、どうしたの？」

「北陸の実家に行ってきたの。だから、しばらく畑に来れなかったのよ。仲良しだった女の子4人と会って半世紀ぶりにおしゃべりをしてきたの」

すると、しゃがんで草を取っていたその男性がいきなり立ち上がり、私の頭からつま先まで眺めて呟いた。

「えっ。女の子？　どう見ても女の子には見えないけどなぁ」

足はガニ股、背中は曲がり、顔は皺だらけ。そうよ。今、70歳過ぎている。とても女の子には見えない。しかし私の中では18歳のまま。それを聞いて笑いが止まらない。普通であれば

「私だって18歳のときもあったのよ。いきなり72歳になったのではないのだけれど」と返すところだが、このときばかりは笑いが止まらなくて言い返せなかった自分が憎い。

遥か昔、腰の曲がった母が杖をついて

「今日はクラス会に行ってくる」と出かけていったことがある。そのとき、こんな歳になってクラス会かぁ…。行っても誰だかわかるのかなぁ…と考えていた。帰ってきた母は

「行ってよかったわぁ…。すぐに誰々ちゃんと昔の名前を思い出して、学校時代に戻った気分」と言って喜んでいたが、私は、70歳前後になって覚えているものなのかなぁ…と、とても不思議だった。けれど今、自分が経験してみて、あのとき母が言っていたことが納得できる。母はあの時きっととても嬉しかったのだと思う。私にとっては忘れられない宝の時間が出来た。思いもかけない雰囲気をかもし出し

てくれた昔懐かしの友達に、本当に感謝感謝です。

尾瀬沼へゴーゴー

最後の職場となる会社に入社して数年の頃（30歳後半）、女性だけで旅行に行ったことがある。

当時、会社では福利厚生の一環として、全体の社員旅行か部署別の旅行を行っていた。なぜ女性だけで旅行に行くことになったのかは忘れてしまったが、50歳くらいの方たち2名、40歳が1名、30歳後半が3名、学校卒業間もない人たちが数名で、尾瀬沼に旅行に行くことになったのだ。全部で十数名、夜の車中1泊と山小屋に1泊のバス旅行であった。

夜の出発となり、指定席に着いた。すると会社の上司が窓の外から「気を付けて行ってらっしゃい。そしてこれは会社から。本当に少ないけど、食

事の足しにして。これは私から」と言って、お金とお菓子を差し入れしてくれた。全員が

「ありがとうございます」と言って、ニコニコ感謝していた。

しばらくの間、皆はガヤガヤとおしゃべりをしていたが、同行する方たちが眠りにつく頃には私たちもいつの間にか全員が夢の中へ。目が覚めると尾瀬沼の入口にバスは到着していた。皆が眠い目をこすりあくびをしていると、添乗員さんが「到着しましたので、ここからは徒歩でお願いします」とアナウンスしている。また、地図を渡され「帰りはここにバスが待機していますので、時間までにお戻りください」と説明された。

しかし、少し気になることがあった。当のグループは全員ただの長袖で、靴もズックのようなもの。他のグループはキャラバンシューズやトレーニングシューズでリックを背負い、登山スタイルである。私のグループと言えば、大先輩にあたる40歳くらいの人だけがリックを背負いキャラバンシューズを履いた登山仕様のスタイルであった。なんだか、変だなぁ…と思い、友達に聞いてみた。すると「尾瀬沼はとても高いので普通のスタイルだときついかもしれない」と言うのである。イン

ターネットなどない時代、事前にガイドブックなどを読んでいなかった私は、尾瀬沼について全く知識がなかった。また、登山するときには何が必要だったのかも確認していない。そんなことお構いなしで山に登り始めたのだった。

登り始めてしばらくすると、50代の人が「息が苦しい。私はとても駄目。お願い、どんなにお金がかかってもいいからヘリコプターを呼んで」と騒ぎ始めた。これは大変なことになったと青ざめた。「どうしよう」と思う気持ちが、そのまま声になって出ていた。

出発してわずか数十分ほどで、「この人を1人にできない。何とかヘリコプターを呼ばないで助けなければ」と全員で考えなければならなくなった。このままでは前進できない。私たちは、どのようにしてその人を支えればよいか考える運命共同体になっていたのだと、今になって振り返る。

一緒に行動するには何をしたらよいのか。各自が考え始めた。現状の困難を打開するため、試行錯誤しながら、年齢に関係なく自分たちにできることを可能な限り考えた。このときほど、会社の人たちと団結したことはなかったと思う。

学校を卒業したばかりの若い人たちにとっては、学生時代と違って会社という新しい世界に飛び込んできたばかりなわけで、会社には世代の異なる人たちがいて、その人たちと協力し合わなければならないのだ。他の人たちが自分と同じくらいの体力や行動力を持っているわけではない。このときの経験が、全てにおいて自分とは全く違う人たちと行動を共にする訓練になっただろうし、そういうことを知る良い機会だったはずだ。社会に出て働くということは、他の人たちといかに協力していけるかということの勉強であり、会社はそういうことを経験させてくれる1つの場所なのだ。

このときの経験を通して、皆が協力し合う中、体力やスピード、考え方など、年齢の違いによる差をそれぞれがハッキリと実感できたと思う。若い人たちの中には核家族で育ち、お祖父ちゃんやお祖母ちゃんと暮らしたことがない人もいただろうが、誰もが歳を取っていくわけで、やがて自分たちも老いを経験しなければならなくなるのだ。そう考えると、人を思いやったり、他人の立場やそれぞれの事情を考慮することは、その後の人生の財産となっていくだろう。若い人たちはいつか結婚して、中にはお姑さんと暮らす人もいるかもしれない。そのとき、相手の体力が自分とは違うという認識で行動できるようになるだろう。若い人たちにとって良い経験であったし、勉強の時間になったはずだ。

このとき、誰一人として文句を言う人はいなかった。全員が「私が荷物を持つ」「杖を作る」「前で引っ張る」「私は後ろでお尻を支える」「私は××する」などと言って、苦しがっている人を助けようと必死であった。しばらくすると見渡す限り緑一色の草原が現れ、水芭蕉の花が咲き乱れている。「ヘリコプターを！」と騒いだ人も感激一杯で、

「もう死んでしまうかと思ったけど、まさか極楽に来てしまったのではないわよね。皆もいるから違うのよね」と言って泣いて微笑んでいた。

細くて歩くのがやっとの「木道」を通り、周りの景色を堪能しながら前に進んだ。お昼にはもう全員がワイワイと「夜は何して遊ぶ？」などと言って、元気を取り戻していた。

午後3時頃、山小屋に到着してみると、ベニヤ板で仕切っているだけの部屋が見えた。隣の声が丸聞こえだ。食事を終えると1人、2人といつの間にか布団に入り、午後4時頃には皆イビキをかいて寝てしまった。静まり返っている。あんなに喜んで「夜が楽しみ」と言っていたのに、誰も起きていない。私も布団に入り、そのま

ま隣が騒ごうが何があろうが全然わからず寝てしまった。
朝になり添乗員さんが
「あなたたちは5時におにぎりを食べて出発してください。他の方たちは6時に出発です」と告げに来た。若い人たちは「まだ、眠い」と言っていたが、添乗員は「少し早く出かけられたほうがいいと思いますので、急いでください」と促された。
あっ。そうか年配の人たちのことを考えると、この人の言っているとおりだわぁ。
そう思って
「ハイ、もう起きて。今から30分後に出発」と言ったが、皆「えっ」と少し不満そうだった。仕方ないので「眠い。眠い」と言っている人たちを強引に起こし、食事をすばやく済ませて、勢いよく山小屋を出たものの、外は霜が降りていて「木道」がツルツル滑る。友達が
「滑るから誰々さんと誰々さんを真ん中に。前はあなたとあなた。私は一番後ろにつくねぇ！」と言って歩き始めた。しばらく進むと、今度はハシゴで崖路を降りなければならなくなった。そこで、やはり年配の人たちが

「怖くてハシゴを降りることができない」と大騒ぎである。

私「じゃ…、荷物は××が持ってあげて。誰か最初にバック（後ろ向き）で降りていって。その次にあなた、次はあなた」と順番を決めて、ある人は2人分の荷物を背負い、やっとの思いで下までたどり着いた。しばらくは平坦なところが続き、のんびりとくだらない話をしたり、お花の鑑賞を満喫していると、今度もやはり年配の方が

「お手洗いに行きたい。我慢できない」と言い出した。けれど、どこを見渡してもトイレなどない（最近は行っていないので不明）。すると1人の人が

「こんな山の中だもの。少し離れたところでして来ればいい」

歩くこと数十分。誰かが「蛇」と言うと、それまでノロノロ歩いていた人たちが「キャッ…」と、逃げ足の速いこと。お見事。走れるじゃない？

ようやく集合場所に到着した。全員無事である。このときの感激は今でも忘れられない。

帰りのバスに乗ると、1人の中年男性のお客様が添乗員の男性の方に

「若い女の子のお尻を見に来たようなものだなぁ」と言っている。えっ、添乗員

さんが私たちの後について来ていたとは？　そのとき初めて知った。全然、考えもしなかった。添乗員の方は私たちのグループがとても心配で、最初からずっと後ろについて来たらしい。が…、誰も知らなかった。友達の1人が「良い目の保養になったでしょ」と返せなかったのが残念だと、今年になり愚痴っていた。

バスから降りると、添乗員さんが「ものすごく心配したのですが、本当に無事で何よりでした。ありがとうございました。またの機会をお待ちしております」と丁寧にお辞儀をされた。「ずっと後をつけて見ていてくださったとは知らなかったのですが、大変なご苦労をされたのですね。心より感謝いたします。ありがとうございました。また、どこかでお会いできることを楽しみにしています」とお礼を言った。

解散するとき、「明日は何が何でも必ず会社に出勤すること。そして上司に『無事に行ってきました。心尽くしありがとうございました』とお礼をお願いね」と、皆に伝えた。実家にいる頃、お祖父ちゃんから

「遊んで来た次の日には遊んだ分の仕事を翌日やるのだ」と常に聞かされていた。それに、他の人たちが味わえないことを経験してきたのだから、なおさら休むわけにはいかないと思った。行きたくても行けない人（お子さんが熱を出したり、体調不良などで参加できなかった人たちなど）もたくさんいたのだ。

翌日、約束通り全員出勤していた。休んでいる人は1人もいなかった。机に座ったが足が痛くて立つにも座るにもどうしたらいいのかわからないくらいに足がパンパンに張っていた。事務所の男性から

「女どもはどうなっているのだぁ…。何を頼んでもハイと返事はするが全然動かない」と言われてしまった。動かないのではなく、動けないのである。椅子に腰かけるにも手をついて「どっこいしょ」、椅子から立ち上がるにも「あら、どっこいしょ」と尾瀬沼に行った人たちは全員声が出ていた。もちろん私も同様である。一番困ったのはトイレ（当時、会社では和式だった）だ。座ったら立てないのだ。とにかく筋肉痛で大変だった。

数年して「ヘリコプターをお願い」と言った人から

「ありがとう。あのときは本当に死んでしまうかと思ったけど、一緒に連れて

行ってもらったので私の最高の財産が出来たのよ。苦しかったけど皆が助けてくれたから帰って来れたの。私の年代の人たちと話をしても誰も経験することができないことを経験してきたのよ。感謝してもしきれない」と聞かされた。

小さな提案に皆が賛成してくれたから、楽しいひとときと思い出という財産を作ることができたのである。当時の若い女性たちも、現在はお祖母ちゃんになっているかもしれないわねぇ〜。一緒に参加した最年長者の年齢を、私は今とっくに越している。「ヘリコプターを」と騒いでいた彼女より遥かに歳を取ってしまった。私自身あのとき、旅行に参加できて最高の思い出が作れたと思っている。今ではとても無理である。

人生には、このときと思ったときに経験しなければならないことがあるのだと実感した。

大切な友達

今日は友達の家に車で行くことになっている。

高速道路をスイスイと気持ちよく走り続け、県道に入るため高速道路の出口に向かった。たしか出口を抜けると2車線になっているから、左側の車線を進み、突き当たりを右折して信号をまた右折すれば県道につながる道に出るはずだ。ところが、4車線になっている。

エッ、私はどちらへ行けばいいの？　いつもの感覚で標識も確認しないで適当な車線に入ってしまった。まぁ、目的地に続くどこかの道につながっているだろうと思う大胆な発想が私である。車を走らせていると、出たはずの高速道路にいつのまにか戻っていた。仕方がないのでそのまま突っ走り、東京に入ってしまった。なんてこと。自分にプンプン。

このとき、カーナビなどない時代にユニークな友達10名のグループで旅行した昔のことを思い出していた。助手席にユニークな彼女（私より2歳年上）が地図を持って座っている。私（当時30代後半）と私の子供（5歳くらい）と運転席の後ろに副社長（60歳過ぎ）がいる。運転していたのは私たちの上司だった。

運転している上司が

「今、どの辺を走っているの？」と助手席の彼女に聞いている。すると彼女は、昔の地図を見て

「赤い道を走っているけど、今緑色の道に入った」

「道に色はついていないのだけど、目的地に行くのはこれで合っているの？」

「私、どこへ行くか知らないもの」

後ろで聞いていた私たちは顔を見合わせた。そうだ彼女は行き先を知らないのだった。

「アンタ、行先聞いていないの？」と彼女に聞く。すると、彼女は運転している運転手の膝の上に、開いたままの地図をポンと置いた。

「車を運転しているんだから、見れないだろう」

「どこかに車を止めて、見てみれば」

しばらく車を走らせていたら、高い土手が見え、草ぼうぼうの空き地になっているところがある。周りには倒れた木が散乱していたが、そこに車を止めようと思ったようで、運転手は

「バックするから後ろを見ていて」と助手席の彼女に言った。

彼女は自分の右手を右肩より少し上にあげ、顔は下を向き手の平を後ろに向けて後ろなど全然見ないで、こう言った。

「バックオーライ、オーライ、ぶち当たるまでオーライ」

「ぶち当たったら車が壊れるんだよ。あんたも運転するんだろ？」

「私、バックなんかしない。頭から突っ込むから壊れないもん」

この2人の会話を、後ろの席で黙って聞いていた私たちもすごいと思う。

当時、一緒に色々なところに出かけるグループがあって、彼女もその中のメンバーの1人だった。グループは、60代の男性が3名、40代の男性が2名と女性が1名、30代の女性が3名、それと子連れは私のみの構成で、時々プラスマイナスの人員となる。

以前、東京から北陸へ、車2台で行ったことがある。1台は40歳くらいの人が運

転し、もう1台は60歳の人が運転していた。参加者は10名。直接北陸まで行くのにはかなりの時間がかかるので、どこかに1泊したほうがいいのではないかという提案があり、御殿場に1泊して翌日出発することになった。

副社長は、運転していた60歳の人に

「前の車に続いて走ってください」と言うだけで、行先を言わない。御殿場から前の車に続いて進むと、運転していた人が

「方向が違う」と言って大騒ぎし始めた。東京に帰るつもりだったのに大阪に向かっていたからだ。ブツブツと文句が出るが、そんなことお構いなしで老舗の旅館に到着。何もわからず北陸まで来てしまった。車を運転していた人が奥様に

「今日は家に帰れないから」と携帯電話で連絡している。奥様の声が漏れて聞こえてきた。

「そんな年寄りが他人を乗せてそんな遠くまで行って、事故でも起こしたらどうするんだ」と叱られている様子。すると彼は

「明日は運転しないから大丈夫」と言っていた。それを全員が耳をすまして聞いていた。そこで翌日ユニークな友達に運転を代わってもらうことになるのだが、彼

女は
「セールスカーしか運転したことがないから嫌だ」とごねていたという話…。
しかし、今日は他の人が運転しているのだから、彼女にとって問題なし。助手席に座っている彼女は、何もわからず乗っているだけ。それでもいつも通り、トラブルもなく平和で楽しい旅行ができるのだから不思議だ。

ここで、このユニークな彼女について少し説明したい。

彼女は他の人たちには想像できないようなことを平気で言う変わった人で、グループ内の大事な大事な少し年老いたお姫様なのであった。これは会社勤務時代、彼女も含め全ての社員にスケジュールが組まれていたときの副社長の驚きと、若返ってしまったことについての話である。

あるとき、副社長は会社業務中の同行のとき彼女にお昼ご飯を食べさせようと思い、大きな食堂で食券を買おうと並んでいた。何が食べたいか彼女に聞いたようである。そのとき、そこには20人くらいの人たちが並んで順番を待っていたらしい。食べたいものが即答できずに迷っていた彼女は

「天ぷらも嫌い、お刺身も嫌い、肉も食べたくないし。ウ～ン…、男が食べたい」と答えた。

年老いた副社長にしたらビックリ。一応男だから。後ろに並んでいる人たちを見て胸がドキドキ。顔が赤らんだと大爆笑。数十年、男を経験することがなかったからだと、自分の親くらいの年齢の人にでも平気で何でも言えるのが彼女なのだ。

そんな彼女が

「今日は副社長を自宅へ送ってくるので、時間内（パート）に帰れるかどうかわからない」と報告に来た。副社長は

「今日は、寒気がしてとても気分が悪いから先に帰るよ」2人は出て行った。どの道を行くのか知らないが、三田までとなると主要道路か高速道路を通らなければいけないだろう。やはり彼女はセールスをしているだけあってすごいなぁ…と感心して送り出した。私なら行くのは何とか道案内してもらえば行くことができるかもしれないが、帰り道がわからないだろうと思った。まして東京タワー近辺のお屋敷である。

数時間が過ぎ、彼女が帰ってきた。

「三田辺りからよく帰って来れたわね。すごい」彼女は、すました顔をして
「副社長を乗せてきた」
「えっ、送って行ったのではないの？」と聞いていると、副社長が現れた。
「ありがとう。ここでいいよと言って車から降りたら彼女が、どうやって帰ったらいいかわからないって言うんで、道案内しながら一緒に戻ってきたんだよ」送っていって送られて。若い男女じゃあるまいし笑うしかない。昔の懐かしい思い出だ。

彼女とは家族のような付き合いなので、私の子供たちも彼女の性格を心得ている。我が家が千葉に引っ越すとき、彼女が手伝いに来てくれた。トラック2台と乗用車での移動である。トラック1台は先に出発した。遅れて2台目は、私たちの乗用車の前を走っている。2台とも運転手はベテランで、運送業に従事していると聞いていた。後続のトラックの後に普通車で子供と彼女と私がついて行く。高速を出て一般道路を走り出すと、前のトラックが私の家の方角とは全然違う方向へと進み始めた。出発する前には地図を見せて「この場所ですので、よろしくお願いします」と、地図と住所を書いたメモ用紙を渡してあるのにだ。

それを見ていた彼女は
「あのトラックの運転手、本当に運送業の仕事をしているの？　全然標識見ていないじゃなぁい。まっすぐどこへ行くつもりかしら」と笑い出した。
「まさか、我が家の家財道具を持ち逃げするつもりかしら。あんなもの、どこに持って行っても売れないし、邪魔になるだけだと思うけど。でも、チョッピリ心配よね」息子は
「道を間違えたのがわかれば戻ってくるよ。あんな古いものどうしようもないもの」と笑い始めた。そして何気に隣に座っている彼女を見ると、長男のバイクのヘルメットをしっかり抱いている。積み忘れたのである。
千葉に到着すると息子が私に
「母さんとおばちゃん気が合うはずだよ。ヘルメットの中に便所のスリッパを放り込み、しっかり抱いていたんだからなぁ…。味噌もクソも一緒にして」
そのうち、違う道に行ってしまったもう1台のトラックが我が家に到着した。一安心。彼女と私、似ているのかしら？　私には彼女ほど度胸がない。すぐ落ち込むのに…。

彼女のことを思い出しながら高速を走っていると、トイレに行きたくなった。以前は、お祖母ちゃんが言っていることがわからなかった。コンビニを探そうとしたが、待てよ、息子のマンションの入口に確かあったなぁと思い出し、この泥付きの野菜を置いてトイレを借りればいいと思い、携帯で連絡を取るが夫婦とも出ない。仕方がない。マンションの管理人さんに預けてトイレを借りて、もう一度戻ればいいと思い、息子のマンションに到着した。

管理人さんに

「申し訳ありません。これを預かってほしいのですが。電話をしても出ないのです。今出かけているようなのでお願いできないでしょうか」と頼んでみた。すると管理人さんは

「商品を預かることはできないのです。こんな泥だらけの野菜を今の人は捨てますよ」

「あらダメですか…。困ったわ。申し訳ないですが、お手洗いだけでも貸してください」

「どうぞ」。やっとの思いで無事にトイレを済ませ、急いでもう一度高速で友達の家に向かった。

「本日伺います」と連絡していた友達は、なかなか来ないのでハラハラして待っていたらしい。このいい加減さはやはり私のユニークな先生のせいかしら？　その後も、彼女に影響を受けたからなのか、畑などで全然知らない人たちに大笑いされたりするようになっていくのだった。

ここで、私のいい加減な性格にぴったりの他の友達数名についても紹介したい。ある友達は趣味が多く、リタイヤしてから色々なことに挑戦している。ご主人は退職してから水彩画を描いていて、30㎝四方の額縁に入った素晴らしい風鈴の絵を貰ったことがあり、その絵にはご主人の名前がサインされている。その友人とは長い付き合いである。

あるとき、友達2人と話をしていると、ご主人が

「これをやるから2人で何か美味しいものでも食べて来い」、随分前の聖徳太子の一万円札を持ってリビングに現れたことがあった。彼女は

「えっ、お父さんこんなお札、今使えるの？」

「いゃ、実際使ったことがないからわからないけど、お金はお金だからなぁ。美里さん、どうかね～？」

「私も、お金ではないけれど昔切手を集めていたことがあって、たくさんあるので最近郵便を出すとき使っていますが、問題なく使えますよ。我が家にも百円のお札があるのですが、使えると思い大切にしまってあります。ましてそれには1万円と書いてありますからね」

「そうだ。1万円と書いてあるものなぁ。おまえ大丈夫だよ。行って来い」

「これ、とても勇気のいるものよね。でも、もしかしたら美味しいものが食べれるかもしれないわ。行こう、行こう、行こう」

彼女はそう言って、もう玄関に出ている。

「えっ、ご主人。奥様と私にご馳走してくださるのですかぁ？」

「まぁな。ちょっといいことがあったから、2人にプレゼントだぁ」

「ありがとうございます」

「私、これを使う勇気がないのよ。あなた、支払のとき出してくれない？」

そんなふうに彼女に頼まれた。いつも大胆な彼女なのに珍しいなぁ…。

「ご主人、いいんですかぁ～。こんなに大切なお金を。後悔しませんか？」

ご主人と話していると、彼女はもう私の車の助手席にチャッカリ乗り込んでいる。

「お金をやるなんて言ったことがないケチな旦那なの。気が変わると返せと言うから今がチャンス。家から出なくては」

「そういうことかぁ…。オッケイ。私が払う。ありがとうございます」

「私も、一度でいいからあなたのように素敵な旦那様がいてくれたら最高なのに」

「これ使えるかどうかわからないわよ。どういう風の吹き回しか知らないけど、今は実行のみ。早く。早く」

彼女に急かされて、2人はご馳走を食べにレストランに行った。

望み通りに美味しいものをしっかり食べて、会計に行き聖徳太子の1万円札を出すと
店員「申し訳ありません。このお金は使えないのですが」

私「バカ言わないで。お金はお金でしょ。1万円と書いてあるでしょ。誰かに聞いてみて。これしか持って来ていないのだから」と私の剣幕は相当のもの。

店員「ハイ、ちょっとお待ちください」と言ってその場を離れ、他の店員2人ほ

どに聞いたがわからないと言っているようである。するとお店の中から中年女性が出てきて

「ウァ、こんなに大切なお金を使ってしまうのですか？　あの…私の1万円札と交換させてもらっていいですか？」と福沢諭吉の1万円札を差し出してきた。

私「あら。ありがとうございます。どうしてこれは使えないのですか？」とその女性に聞くと、

「あぁ…聖徳太子の1万円札と福沢諭吉の1万円札は大きさが違うので、機械に入らないのです」と教えてくれた。

「あっ…、そういうことですか。大変助かりました」

「こちらこそ。私に福が舞い込んだ」

そう言って、その女性は喜んでいた。

友達を自宅まで送り、我が家へ帰るため丁字路を左に曲がろうと、右見て左見てバックミラーを見て、誰もいない、私だけだと確認して、左に曲がった。

すると後ろでパトカーがいきなり「前の車止まれ」。ハテ、私かしら。しっかり確認して曲がったのだけど。

「前の車は行ってください」

ウン。私は行けばいいのかなぁ。バックミラーで確認すると、後ろにいつの間にか軽自動車がついて来ている。その車かしら？

「車ナンバー〇〇　左側前方に空き地があるから止まりなさい」

私のナンバーである。えっ。私なの。しっかり確認したのに、何をしでかしたのかしら？　そして車を空き地に止めた。すると警察官が運転席の横に来て
「なぜ、あなたは止められたかわかりますか？」

「いえ、さっぱりわからないのですが」

「あなた、あそこの丁字路、一時停止しなかったでしょう」

「どこのことを言っているのですか？」

「今、曲がってきたところだよ」

えぃ。もうどうにでもなれぇ…。

「あらぁ、しっかり確認して誰も通っていなかったので曲がってきたのですが、どこに一旦停止と書いてありましたか？」

「上に書いてある。あなた、免許証を見せて」

「あら、ごめんなさい。そんな看板があることを見落としてました」
一応、そう言ってみたものの、チョッと待てよ。諦めるのは得意中の得意だが、こうなったら仕方がない
「あぁ…。わずかな年金でやっと食べていっているのに、どうしよう。何千円という罰金が来ると明日から食べていけなくなるわぁ…」
そう言って下を向き、両手で目を押さえた。すると目からぽたぽたと涙が出て、運転席に座っている自分の膝の上に落ちた。あれっ、韓国ドラマの見過ぎかしら。私の演技も、まんざら捨てたものでもないわね。女優さんになれたかもしれないのに、少し遅かったかなぁ。それにこの顔、この歳では無理なのはわかっているけど、若いときなら希望があったかもしれないなどと思っていると、おまわりさんが
「違反したのだからね」と念を押してくる。素直に
「そうですね。注意が足りなかったです。ごめんなさい」
いいとこあるでしょ？　こんなにいい人いないからと思い、カバンの中を開けて免許証を取り出そうとしたら横に携帯電話が重なっている。そうだこれだぁと思いつき、携帯電話と免許証を一緒にカバンから取り出して免許証を手渡し、携帯電話

を警察官に向けた。

「おまわりさん、ハイ免許証です。でも本当のおまわりさんかどうかわからないから写真を撮らせてもらうわね。最近ではおまわりさんとか銀行員とかなんとか言って詐欺が多いから心配で。正式におまわりさんかどうか確認しなくては油断も隙もないんだから」

そう言って携帯電話で写真を撮ろうとしたら、それまでものすごく威張っていたのに、いきなり下を見て右手で顔を半分隠した。警察官は
「写真を撮るのはやめて」と私に背を向け、急いで免許証の名前を記入し始めた。警察官は
「今、切符を切るから、心配ならこの下に書いてある署へ行って、この名前の人がいるか確認してきて」パッと見た感じは中年男性で、顔も素敵だ。カメラに収められなかったのが残念。

「ジャ。警察手帳を見せてください」

「警察手帳は見せられない。悪用されるからね」

「70歳とっくに過ぎた年寄りの婆さんが、どうやって悪用するの？　足や腰が痛

くて走ることなんかできないからね。方法があるなら教えてよ」

ケチをつけたがしっかり切符を切られ、仕方なく帰りに罰金を支払いに行った。その帰り道、自宅近くまで来ると女性たち4～5名が井戸端会議中である。近づいて

「こんにちは」

「どこへ行って来たの？」

「今、友達の家に遊びに行ったのだけれど、帰りにパトカーに捕まって切符を切られたの」

「今度は何をやらかしたの？」

ウン？　いつも特別なことなどしていないけどなぁ。いつも大人しくしているし、誰が何をしようとお構いなしで、時々、常識外のことをするとギャッと騒ぐくらいで、かなり静かなほうだと思うけど、何のことだろう。不思議に思ったが、どうも皆は突拍子もないことをする人間だと錯覚しているようだ。彼女たちに先ほどの出来事をかいつまんで説明し、今、おまわりさんと会話をして帰りに罰金の支払いをして来たところだと話すと、1人が

「ここにいる女性全員が車の運転するけど、違反したからこちらへと言われると仕方なくその通りにするよね。あなたたちはどうなの？」と他の人たちに聞いている。

「携帯電話で写真を撮るなんて言えるかしら～。だいたい思いつかないと思うけど。よくそこまで考えられたね～。さすが美里さん。アッパレ」

「今頃、あなたがここで話しているように、おまわりさんも署に戻って、こんな婆さんがいるからこれから気を付けろとか言って、署内で話題になっているかもしれないよ。もしかしたら名前と車のナンバーも全員に教えているかもしれないね～」

そんなふうに言われ、皆に大笑いされた。笑いものの私だが、あまり気にしない。

私と同じように、細かいことを全然気にしない友達がいる。

彼女は仕事が素晴らしく早く、言いたいことはハッキリと言い、バシバシと言葉でやり合う。姿形は女性だが、付き合うと男性的でユニークな人だということがよくわかる。飲み会の二次会など、私と行動を共にすることが多いので、よく男性から誘われる。
男性が私に
「あなたは色が白いね～」
「早く言いなさいよ。私はごぼうのように黒いと。遠回しは嫌いだからね」と、ビシリと跳ね返す。
「誰もあなたのことを言っていないよ。たまたまこの人がライトに当たって…」と言い訳していたが、もうプンプン。
そんな彼女がある日
「実は三味線を習っているんだぁ」と、彼女の性格からは想像できないようなことを言った。私は驚いて
「えっ、三味線？」と、思わず声が出ていた。彼女は足が長く、身長170cm、体重56kgでモデルさん並みのスタイルをしている。ジーパンを履いている姿しか見たことがないので、一瞬あっけに取られた。三味線を弾き着物を着て座っている姿など、とても想像できない。
彼女

「××の日に発表会があるので、見に来てくださいね～。あなたも来てね」と、上司と私を誘っている。そのとき彼女は40代前半、上司は60歳過ぎであった。上司が言う。

「アンタの三味線は見に行かなくてもわかる。どこにいても聞こえるよ。時々バシャバシャンと、糸が引きちぎれんばかりに音を出しているのをね」

「ひどい。私、上手いのよ」

「そうかい、確かにスタイルがいいから目立つかもしれないなぁ」

三味線とは全然関係ないことを褒めている。

「背が高いだけよ。美里さんも高いほうだよね?」

「私はあなたと違って何の取り柄もないから、羨ましいわぁ」

「三味線は自分からやりたくて始めたのではないんだぁ。義理チョンでやっているの。だから上手くできてもできなくても、どうでもいいんだぁ。三味線が高くて驚いたけど。上司が言う通り、1つパアにしたの。今のが2つ目」

そして、彼女の発表会当日、我が子(5～6歳)を連れて彼女の三味線の出番を待った。いよいよ彼女の出番だとプログラムを見ていると、出演者たちが次々と舞台の上に並び始めた。登場した人たちは全部で15名くらい。皆同じような着物を着ていたのに、我が子は彼女をすばやく見つけた。

「お母さん。おばちゃんあそこにいるよ。隣の人に何かお節介しているから間違いないよ。おばちゃん、三味線よりお節介のほうが似合っている。もう見たから帰ろう」

「少しは聞いてから帰ろうよ」

「帰りの車の中まで聞こえてくるよ」

我が子は上司と同じことを言っていた。

なんとまあ、よくわかることと思い、笑いが止まらなかった。私より息子のほうが心得ている。エッへへ…。怒らないでね。

いい加減がピッタリの自分

本日も一生懸命、畑仕事に精を出している。

先日、トラクターで畑を耕してもらったので、固くならないうちに種蒔きを終わらせなくてはいけないと思い、畝を切り必死に汗水流してわき目もふらず、下を見て鍬で耕し中である。

畝は切り終えたし、肥料も撒き終えた。よし、種蒔きにかかるぞと思い、周りに誰もいないかキョロキョロと確認。バケツに里芋を一杯詰め込み、畝を切った真ん中に立って、バケツの中の里芋を畝に向かって1個ずつ、2~3mの位置に勢いよく放り投げた。当時、膝が痛くて病院通いしていたのだが、畑をそのままにしておけないと思い、こういうことになったのである。すると、どこで見ていたのか隣合わせの男女2人がやって来た。

男性が

「里芋の植え付けは、そうして投げるのが正しいの?」と聞く。えっ…。誰も見ていないと確認したのに、どこにいたの?

「イェ、違います。1つずつ芽を上にして、このようにやるんですよ」

「その方法で芽は出るの?」

「嫌なら出てこないだけです」

しかし収穫時になり、ほとんどいい感じになっていた。どこかに出荷するわけでもなく、自分が食べたいときに少しあればいいので、全てこんな感じである。

トウモロコシの種を蒔くときは、今度こそは誰もいないだろうとしっかり確認をして、種を1粒ずつ蒔き始めた。そして普通は鍬で土かけをするのだが、まだ土はファファァしている。これなら鍬を使う必要もないだろうと思い、足には長靴を履いているのだからこれでいいやと勝手に思い込み、周りをしっかり見て誰もいないことを確かめた。よし、今のうちだぁ。エィと、足で土をかけ始めた。すると、畑の近くの女性が家の中で見ていたらしい。声がどこまでも通るような大声の人である。

「エッ、アンタ足で土かけて、それで実がなるの? ウハハハハァ…」

何十軒も先まで聞こえるような声でブロック塀に腰かけ足をブラブラさせながら

笑い始めた。

しまった。あの人に知られたら全員に知られると思ったが、私は収穫まで静かに待つことにしようと、何にも言わず知らん顔を通した。

そして、程良く実が揃い美味しそうになったので

「ハイ、足でかけたトウモロコシだけど味見してみてください。きっと美味しいですよ」と彼女に手渡した。翌日、彼女は「すごく甘かった」と。

「足でかけても鍬でかけても、味はそんなに変わらないでしょう? それは、私が10本くらいしか作っていないからですよ。農家の人たちは絶対こんなことしませんよ」

と説明してきた。

この地域の土は真っ黒で、耕すとファファしてとても野菜などに適しているように感じる。実家がある北陸などは土が粘土質で、耕すのが大変な上にすぐに固くなる。母や妹が来たとき「ここの土は黄金の土だ」と言っていたのが忘れられない。

専業農家の方たちに時々出会う。ピーナツ、スイカ、里芋、ニンジンなど、全て徹底していて、畑に対する基本をマスターしている。私の方法を皆笑うわけだなぁ

…と納得する。専門農家の人たちとはやり方が全然違うのだ。


当時、会社勤めをしていた頃の話。

私の畑仕事を時々見ているらしい人が突然、声をかけてきた。

「あなた、今お財布の中の金額いくらあるか知っているの？」

「大体ね。細かい金額はわからないけど、万札が何枚入っているかならわかる」

「よくそれでお金の仕事ができるね…」

「お金の仕事と、自分のお財布の中身と、畑仕事は、それぞれ別物よ」

そう言って、それぞれを区別していると話したことがあった。だからお金がたまらないのかもしれないわね…。細かく細かく管理するべきだったと若き日を振り返ってみたが、もう遅い。どうにもならない現状に呆れている日々である。


今日は空が曇っていて畑に行くこともできないので、和タンスの整理をしようかなぁ…と思い、引き出しを開け、中から着物を取り出した。たとう紙を広げて1枚1枚見ながら、捨ててしまわなくてはと思い確認していると、結婚するとき持ってきた男物の着物１６０cm用がそのままになっていた。これを息子たちにどうかしらと考えたが、息子たち２人は身長が１８０cmもあり、サイズが合わない。これを着ろと言ったら、爆発して怒るだろうなぁ…。それでなくても私の言うことに対して時々爆発するのに。フッフッ。もし息子に着せたら昔の子供のように膝までの着物を着て草履を履いて遊び回っていたスタイルになってしまい、「こんなもの捨てろ」と言われるのが目に見えている。しかし、もったいない。古着屋さんに持っていってみるか？　やはり捨てるか？

何枚もの着物を取り出して見ていたが、ある1枚の着物を見て30年ほど前にこの反物（自分で仕立てるので反物で購入していたのだ）を購入したときのことが蘇り、1人ニヤニヤ。息子が4～5歳くらいのときで、おもちゃが大好きな年頃だった。息子を連れて友達と３人で買い物に出かけた。そして色々探しているとき、子供売り場を通りかかると息子が

「僕、ここで遊んでいるから好きなだけ見てきて。待っているから」と言ったのだ。その頃の子供売り場には、子供が遊べるように広場が作られていた。現在は行かないのでわからないが…。

「買い物が終わったら迎えに来るから、どこへも行ったらダメよ。必ずここにいてね」と、買い物に向かった。必要なものを購入して子供を迎えに行こうとしたら、和服の半額セールをやっているのに目が行った。友達が

「私、これ買うから」

「私も見るわぁ」と意見が一致して必死に探し始めた。その売り場はものすごい人だかりである。ガヤガヤと賑やかな中、館内放送が流れたが私の耳には聞こえなかった。

「今、館内放送があったけど、あんたの息子（義夫）がお母さんを呼び出しているのではないの？」

「エッ」

「もう一度よく聞いてみて」

静かな場所に移動するとスピーカーから聞こえてきたのは、こんな内容だった。

「義夫ちゃんのお母さんが迷子になられました。サービスカウンターまでお越しください。義夫ちゃんがお母さんをお待ちですので、至急お戻りください」

「ウワァ…。さすがあんたの子供だけあるわぁ。お母さんが迷子だって。普通は

子供が迷子になってお母さんが呼び出すのに、あんたの家は反対だぁ」キャキャ…と大笑いしている。普通は親が子供を呼び出すのであり、泣いているのが普通なのに、お母さんが迷子になっちゃったこともあったなぁ…。

その息子が結婚するため、彼女のご両親と初めて会うときのことを思い出した。

前日、息子が聞いた。

「お母さん、明日、何を着ていくつもりなの?」

「ウン、着物でもいいけど。その場所によるわね。あなたたち、どんなところを予約したの? 和服が変であれば、これにしようかなぁ」

「和服は雰囲気的に合わないから、洋服を着てみて」

エッと思ったが、何が心配なのだ? 一緒に歩くのに変なスタイルだと自分が嫌なのか? それとも初めてお会いする方なので、いい加減な母親を披露したくないのか? どちらだろうと思ったが、着てみせた。

「OK」

「別に問題ないでしょう?」

私だって会社勤務していたのだから。

皺にならなくて自分に合ったものであればいい、というのが私のスタイル。いただいた高価なブランド品であろうと、色が気に入らなければ迷わず捨てる。ブランドも何も関係ない。好みに合わなければ、私の感覚の中ではゴミ箱行きである。ブランドものを身に着けたことがない。

あるとき、息子から

「お母さん、彼女の今持っているバッグ、いくらか知っている？」と聞かれたことがあったが、全然わからない。

「あんなもの大したことないんじゃないの。色が悪いし使い勝手も良くないみたいだし」

「バカ言っているんじゃないよ。あれは数十万円するんだ」

そう言われて驚いたことがあった。

なんせ何にもわからず色が悪いからとイブサンローランの毛布を2枚にハサミでチョン切り、犬小屋へ敷いてやったのである。しばらくして息子が

「あの色の毛布どこへ行った？」と大騒ぎするので、

「犬小屋に入っている」と教えてやったのだ。

「俺たちの毛布は2980円の安物で、犬がイブサンローランの毛布の上に寝ているのか？　呆れた」

「寒くないでしょう。あんな色の悪いもの、干すのも嫌だわぁ」

「兄貴、母ちゃんにブランドものの話をしても無駄だよ」

義夫は心得ている。私の趣味を。


千葉に引っ越して来て、初めて雪が降った日のこと。

周りの人たちが雪かきを始めた。私たち家族もやらなければと思い、オーバーを着て頭にタオルでホッかぶり（田舎では全員このスタイル）、長靴を履き、手袋をつけて必死で作業にかかった。すると息子がどこで買って来たのかわからないが、男性用の真っ赤なロングのダウンコートと帽子を渡し、

「それを脱いで、これを着ろ。たぶん、このスタイルで出ていくのではないかと思って買ってきた」周りの人たちの格好を見てみると、確かに誰もホッかぶりをしている人などいない。

「フゥン…わかった。それにしてもコート大きいね」

「ホッかぶりはやめて」とブツブツと怒っていた。きっと自分の母親があまりにみっともないので、恥ずかしかったのだろう。

息子からの素晴らしいプレゼントであり、感激して着れないんじゃないかと思ったが、それからは大きくても真っ赤なコートを着ることにした。すごく温かかった。心が。

私はブランドものには何にも興味がなく、着るものは寒くなければそれでいい。バッグは必要なものが入っていて、使い勝手が良ければよし。また、色彩に関しては多少うるさいが、誰が何を持っていようがなんのその。

このようにいい加減な私であるが、このいい加減さが、数十年前、会社勤務時代にとても私の能力を発揮させてくれたときがあった。


ある日、勤務先の事務所に、会長が部下を従えて来られたときのことである。当時、入社して間もなくのことと記憶しているが、上司が私に言った。

「全部で6名くらいの人たちが当社に初めて来られるので、お茶を出してほしい」

「私のような年寄りより、若い方がお茶出ししたほうがいいのではないでしょうか」

「それもそうだなぁ」

なんだぁ、そう思っているなら私に言ってくるなよ、頭にくる。などと思いながら、すばやくその場を立ち去った。すると大学を卒業して2～3年くらいの女性が私を探しているようである。

「どうしたの？　私に何か用事？」

「これからいらっしゃる会長さんにお茶を出してほしいと上司に頼まれたのですが、とてもあんなに偉い人にお茶を出すことなどできないので、美里さんお願いできませんか？」

「あなた、何をそんなにビクビクしているの。あなたのお祖父ちゃんは現役時代とても偉い方だったのではなぁ～い？　でも家にいるときはどんなスタイルして過ごしていたかしら。あなたが見たスタイルは夏ステテコを履き、口の中に爪楊枝を入れてシーシーして、横になりテレビを見ていたのではないかしら」

「アッ、そうです。そうか？　その姿を想像してお茶を出せばいいのね～。了解。やってみる」

「出すとき、『いらっしゃいませ。遠いところまでご足労いただき、ありがとうございます。心を込めてお茶を入れましたので、ごゆっくりどうぞ』と一言付け加えるのよ」

「そんなこと言えるかなぁ」

そう言いながら、彼女は心配そうに給湯室に向かった。しばらくして、お茶を出し終えたのか、とても嬉しそうにニコニコしながら報告に来た。

「私、会長のステテコ姿を頭の中に描いて出したら、全然あがらなかった。会長から『どうもありがとう』と言われました」

私も以前、上司のところに来られた方がいて、どこの誰だか知らなかったが、駅から20分くらいかかる場所まで歩いて来られたのか、額からものすごい汗が出ていたので、いつもと少し違う入れ方でアイスコーヒーを出したことがあった。

当時はまだ、粉のインスタントコーヒーにお湯を入れて、そこに氷を入れアイスコーヒーを作っていた時代である。そのときは、コーヒーの粉を少し多くして出して差し上げたのだ。

「暑い中、ご苦労様です。心を込めて美味しいアイスコーヒーを作りましたので、ごゆっくりどうぞ」

汗をかいて喉が渇いていたのだろう、一気に飲み干した。

「あら、もう1杯お持ちしますね～」

「イヤヤ、とても美味しくて…」

そう言って遠慮されていたが、もう1杯出してあげた。心を込めてというのは、ほんの少しの労いの言葉に過ぎない。コップの中の氷とコーヒーをその辺にあるものでかき混ぜ、終了という具合。適当でいい加減が大好きな私。しかし、出された方にはこのいい加減さはわからない。

「申し訳ないね。とても美味しいよ」と言ってくれた。

数年が過ぎたある日、1枚のハガキが届いた。名前に全然記憶がなく、どこの誰なのかわからなかったので返信もせず、そのまま保管しておいた。誰かが間違って送って来たのではないだろうかと思い、気にもしなかった。

さらに数年が過ぎた頃、上司からこんなことを言われた。

「SS県の△△さんが退職されたのだが、美里さんにすごく感謝していたよ。あのときのコーヒーの味が忘れられないって」

「その方のお名前は何とおっしゃるのですか?」

すると、△△さんだという。私宛にハガキを送ってくれた人であることがわかった。私としては特別なことをしたとは思っていなかったが、その方にとってはあのときのコーヒー1杯が特別なことだったのかもしれないと、遥か昔の出来事をたどっている私である。

叔父さん(父の弟)には名前が2つあったのだが、その理由が面白い。

お祖母ちゃんの話によると、4人目の男の子(一番上が女の子、下全て男4人)が生まれたとき、その子の肌が少し荒れているので、お祖父ちゃんに

「役場に出生届けに行くついでに、甘草(カンゾウ)という薬を買ってきて」と頼んだそうだ。ちなみに甘草とは、赤ちゃんがお腹にいる間にたまった胎毒を下すための生薬である。

お祖父ちゃんが帰ってきたので、お祖母ちゃんは

「この子の名前、なんて付けたんや?」と聞いたところ、

「實蔵だ」

「フゥン、カンゾウかぁ」と言っていたけど、字が書けないので漢字がわからなかった。
叔父の實蔵さんが結婚するまで、村の人たちだけでなく、私たちも全員「實ちゃん。實おじさん」と呼んでいた。
叔父さんに小学校入学の案内があったとき、役場から「興四郎様、ご入学おめでとうございます」と書かれたハガキが届いたが、お祖母ちゃんは
「こんな名前の子供いないから」と、ハガキを役場へ送り返してしまったらしい。
そこへ、お祖父ちゃんが出稼ぎから帰って来た。お祖母ちゃんが「興四郎なんて名前の子供なんかいないのに、役場から『ご入学おめでとうございます』と書かれたハガキが来たので送り返した」と話すと、お祖父ちゃんは實蔵さんを指して
「こいつだ」と言ったらしい。
家族や村の人たちからは「實ちゃん」と呼ばれていたおじさんは、学校では「興四郎さん」になったのだ。学校で出席を取るときに

「興四郎」と言われても全然自分のこととは思わず、隣の席の人たちから「オイ、呼んでいるぞ」と言われて、いつも慌てていたらしい。
どうしてそんなことになったのかというと、お祖父ちゃんが役場に行って出生届を出すとき、長男は興一郎、次男は興二郎、三男が興三郎、四男は「興四郎」と書いてきたのに、その後、甘草（カンゾウ）という薬を買って帰ったため、子供の名前を忘れてしまったようだ…。なんとも呑気な時代があったものである。私の性格がいい加減なのは、もしかしたら遺伝だったのかもしれないわ…。

現在は食べたいものを食べ、寒い冬はストーブで温まり、暑い夏にはクーラーで涼み、誰に振り回されることもなく、目が覚めたらその日の計画を実行に移す。そんな素晴らしい毎日を送っている。神様に感謝、感謝。こんなことしていていいのかしら？　神様バチを与えないでね…。私の人生も、もうそんなに長くはないと思うので、しばらくの間のんびり1人の時間を楽しませてくださいね。よろしくお願いいたします。南無阿弥陀仏、あれ？　南無妙法蓮華経かな？

無料が大好きな私

今までお世話になった方々に「ありがとう」と伝えたいが、何かいい方法はないかと考えた末、文章で残しておこうと本を書くことにした。

書き始めてみると、今まで本を読んでこなかったことに気が付いた。仕事で必要な本はかなり読んでいたが、小説や自分史などほとんど読んだことがない。試行錯誤しながら何とか自分なりに文章を書いて友達に読んでもらうと、「自分史の説明会を無料でしてくれるところがあると思うので、探してみたらいいですよ」と言われた。節約のため新聞は取っていない。ネットで検索してみたが見つからなかった。ダメなら諦めればいいと軽く考えていると「今日の新聞に無料説明会開催の広告が出ている」と友達が教えてくれたので、新聞を取っている近所の人に新聞を見せてもらった。確かに無料と書いてある。よし、ジャー行ってみるかぁー。ということで、ここからが始まりである。

新聞広告の電話番号に電話をすると「応募者が多い場合は抽選になりますので、そのときはご希望に添えない場合がありますが、了解いただけますでしょうか?」と言われた。仕方がない。当たり前のことである。しかし希望した日程で参加できることになった。ハガキが届き、日程と場所が記された案内状が届いたのだ。また「書き上げてあるものがあれば持参すること」と記入されていた。張り切って出かけることにした。

退職するまで千葉の田舎から東京の職場に通っていたので、説明会に参加するのに交通費がかかるということが頭の中から抜けていた。定期で通勤していた当時の感覚がまだ残っていたからだ。場所を確認すると東京駅から歩いたほうが早いので、久しぶりの東京と思ってワクワクしていた。退職してからほとんど出かけることがなかったため、考えてみると服も靴もカバンもない。普段の農作業スタイルではまずいだろう。ヘアカラーをしてパーマの髪。泥だらけの靴しかなく、外出用の靴を持っていなかった。そこで、新しく靴を購入。書き終えている原稿を持っていくためのバッグも購入し、イザ東京へ。

通勤時代と同じ特急に乗り、東京駅に到着した。時計を見るとまだ時間がある。

お昼を済ませなくてはと思ったが、ハテ、ここまで来るのに一体いくらお金を使ったの？　と考え、まずい、そんなに使えないと思い、お昼ご飯は一番安いチャーハン４５０円に。東京まで来てこんなに安いチャーハンがあることに驚き、それを食べることにした。東京で働いていたときの昼食代は平均１０００円前後だったが、当時は金額について深く考えたことがなかったのだ。それにしても東京まで来て４５０円のチャーハンとは、随分とケチったものである。

会場がある建物に到着すると、まだ予定の時刻まで1時間くらいある。玄関で待つわけにもいかないと思い、近くの喫茶店に入った。メニューを見ると、何やら高価である。店に入る前に値段を確認しなかった自分のミスだ。仕方なくコーヒーを頼み、時間潰しに高価な味を堪能した。そうよ、この味、この香り。東京勤務時代のお昼休みにはよくコーヒーを飲み、時間の調整をしていたっけ。忘れられない十数年前を懐かしく思い出しながら、コーヒーカップを両手で包み、鼻を近づけてあの頃と同じ香りを感じていた。

遥か昔、こうして時間の調整をしながら午後の作業と翌日の計画を練っていたが、今は何も考えなくてよい。周りのことなど全然気にする必要なし。自分のことだけ考えていればいいという自由と同時に、もの寂しさを感じるのであった。

そろそろ時間だと思い、会計に行くと600円と言う。チョットのケチがこんなことになるとは…。こんなことなら、はじめから1000円の定食を食べればよかった。そうすれば時間も調整できたし、1000円定食で美味しいものがしっかり食べられたのに。なんてこと！　イライラ。

会場に入ると一般的な説明があり、その後、持参した作品に目を通してもらった。5分ほどで20ページをサラサラと読み、「ハイ、漢字が違います」「句読点がダメです」「何が言いたいのですか？」「ここの『あなた』とは誰ですか？」などとアッと言う間に指摘された。

何だか変だなぁ…これから作っていくのにすごく時間もかかるし、どのようにしたいのか確認するためには大変な労力が必要になると思うけど、これが本当に無料でできるの？　と感じていた。他の方たちはその後の対応が気にならないのかしらと不思議に思う。私は対応してくれた担当者に質問してみた。

「こちらで本を作っていただくと、いくらくらい費用がかかるのですか？」

「数十万円です。しかしあなたのようにもう出来上がっている方は、もう一度あなたを全然知らない人に読んでもらったほうがいいと思います。本日の無料説明会では、あなたが持って来られたような原稿を作るためにアドバイスさせていただくところまでで、その後、本にするということです」

なんだ。やはりおかしいと思った。

「ハイ、ありがとうございます。本日はとても勉強になりました。それではこれで失礼いたします」

そそくさと退散した。

他に数名いたが、あの人たちは果たしてこの数十万円という金額についてわかっているのだろうかと、他人事ながら心配をしている私である。その日の説明は無料でも、実際に本を作っていただくにはそれなりの費用がかかるのだ。

しかし、担当者に言われた先ほどのアドバイスが私を奮い立たせたのである。自分の書いたものが小学生以下であったと恥ずかしくなり、いそいそとうなだれて帰りの電車に乗った。無料という言葉につられていくら使ったのか？　説明会は無料だが、参加するまでにかかった費用のことを考えると複雑だ。パーマ代、ヘアカラー代、靴代、バッグ代、交通費、食事代…僅かな年金がアァアァ〜。説明会に

行った必要経費について友達に話すと
「気取って見栄を張るからよ。普段着のまま畑スタイルで行けば交通費と食事代だけだったのに」
その通り。間違いございません。
ともかく、専門家による無料のアドバイスが私を変えた。当時を振り返り、あのときの必要経費は未来への投資だったのだ。そう考えて、自分をなぐさめた。今、本が出来上がってみると、あのときは大変な出費だったけれど、満足できる作品になったと顔の皺がよれよれと動く。満足するための投資にはかなりかかったが、前を見て進む自分がいる。それにしても無料の裏に潜む必要経費は計算外だった。自分のミスに涙涙(;´ω`;)ウゥッー。

現在はというと、天気のいい日には朝、歩きに行き、帰ってくると野花の鑑賞を楽しみ、今日用（教養）事があり、今日行く（教育）ところがあるということに感謝する日々を送っている。毎日、出歩ける時間と体力があることに喜びを感じている。

秋も深まり外を歩いていると、松ぼっくりの実が落ちていた。そうだ。我が家の玄関に小さな庭らしきものを作っているが、ちょうど飾り自転車10㎝の荷台が空になっているから、これを入れようといくつか拾い始めた。よく見ると道に落ちているため、犬がオシッコをかけたりしたようなものもあり、とても自宅に持ち帰ることはできない。不衛生である。じっと眺めていると、前方から家の持ち主かなぁ～と思えるような年配の男性が近づいてきた。

「おはようございます。申し訳ありませんが、この畑の中の松ぼっくりをいただけませんか？」

1ｍくらい高くなっている畑にある松ぼっくりを指さした。

「どうぞどうぞ。そんなもの、いくらでも持っていきなさい。それが欲しいのなら、こちらへ来てみなさい」

男性は敷地の中へ案内してくれた。広くて素晴らしいお庭で、池には鯉が泳いでいた。そして案内された場所に行くと、箱の中にたくさんの松ぼっくりが一杯入っている。

「わしも若いとき、これに夢中になりたくさん集めたものよ。でも今は何もできない。これは私が作ったものだから持って帰りなぁ」

松ぼっくりで作った花瓶を背伸びをして高い棚から取り出して私に渡した。

「えっ？　これ自分で作られたのですかぁ…」

しみじみと眺め見つめていると
「そうだー。あんたが今欲しいと言ったあの木のもので作ったのだよ」

「いただいていいのですか？　これは大切な財産ですよね」

「私も近いうちにこの世を去る。欲しいと言う人に貰ってもらうのが一番幸せなんだ」と話してくれた。

しばらくくだらない話をしてお庭を散策させていただき、たった1つの松ぼっくりの実がきっかけでこんなに素晴らしい出会いになるとは、夢のまた夢に等しいひとときであった。遥か昔、お祖父ちゃんが「ここに庭を作ろうかなぁ…。どうだ」と私に聞いてきたことを思い出し、私の前にいる人と重なった。

自宅に戻り松ぼっくりの花瓶を玄関に飾って喜んでいたが、年配者の財産を貰ってしまった。ましてこれまで顔を合わせたこともない人であり、このままでは自分の気持ちが落ち着かない。何かいいお返しはないかしらと考えた。そうだ。申し訳ないけど私が作った食べものにしよう。そう思いつき車で向かった。すると今度は「これはどうかねー」と竹の古根っこで仕上げた花瓶を見せてくれた。私も72歳を過ぎているが、竹や松ぼっくりでこんなに素敵なものが出来るとは知らなかったので感激してしまった。

「ありがとうございます。素晴らしいのを見せていただき、初めて見るものばかりで感激です。しかし我が家はとても小さい家なので先ほどいただいたものを置くと空きスペースがないのです」とお礼を言って引き揚げた。

こんなに素晴らしい無料には、どのようにお礼をしたらいいものかとても悩んだ。

子供の頃、両親に

「他人から何かいただいたり手伝ってもったら、必ず親に知らせなさい。後でお礼を言わなくてはならないから」と常に言われて育った。私だけでない。お祖母ちゃんたちが親戚の人たちから何かを手伝ってもらったり、いただいたりしたものがあってお世話になったときは、父や母がお礼をしているのを見てきた。本人がお礼を言うのとは別に、家族としてもお礼をしていたのである。

お祖母ちゃんと私が留守番をして妹を見ていたとき、妹が見当たらなくなり隣近所のたくさんの人たちが協力して探してくれたことがあった。やっと見つかったときにはホッとしたが、その後、父と母は妹を探してくれた人たちに何かを持ってお礼に行っていた。一緒について回ったので、よく覚えている。母は「このたびは大変お世話になり、ありがとうございました」と一軒一軒挨拶に回っていた。

また、家族が何かちょっとしたものを誰かからいただいたら、その人と顔を合わせたときに必ずお礼を言っていた。母が「先日は○○をいただき、ありがとうございました」と言っているのを、畑を手伝いながら聞いていた。すると相手の方が「すごいね。私もお礼を言わなくてはと思っていても、実際に会うと忘れてしまってお礼が言えないんだけど、あなたは必ず言ってくれる」と母を褒めていた。

そういう姿を見ていたので、会社に入ってからも得意先から何かいただけば必ず上司に報告していた。最後の職場で「どら焼きを貰ったのに黙って食べてしまったのは誰だぁ」とすごい剣幕で怒っていた人がいたが、私が預かったのであり黙って食べたわけではない。しっかり名刺を添えてメモを貼り付け上司に報告をしていたので、黙秘したのである。上司に報告することが親から教えられた常識であるから。

日本人はおもてなしが素晴らしいと言われているが、「おもてなし」とはどんなことなのか。一体何がおもてなしなのか。先日、アメリカ大統領が日本を訪問されたときも素晴らしい「おもてなし」を受けたと言われていたが、何がそうだったのか？

おもてなしという言葉について調べてみると「客をもてなす」の丁寧語だそうだ。

・お客様に対応する扱い、待遇のこと
・おしぼりを持ってくるのはサービス、それを渡すときにかける言葉はおもてなし
・「お仕事お疲れ様です」「ゆっくりお休みください」は、おもてなし
・お客様にとって想定内のことはサービス
・お客様の期待をいい意味で裏切るような気遣いは、おもてなし

・相手のことをよく考えて上質な気遣いのできる大人を目指すのが大切
・見返りを求めず相手を敬い、丁寧に扱うことができるのが日本人の長所

私としては、個人の礼儀作法と相手に対する無料奉仕の精神ではないのかしら？と思っている。ホテル等に泊まるとお辞儀をして見送りをされるので大満足であり王様になった気分にさせてくれるが、素晴らしく気分のいいものである。

結婚して初めて義父母が飛行機で我が家に数日泊まることになったとき、私はお布団を数日☀お日様に干した。するとお二人から「暖かくてファファした布団でとても気持ちが良く、長旅の疲れが一気にフッ飛んだよ。ありがとう」と言われた。小さな小さなおもてなしであったと思うが、その「ありがとう」に大満足であった。

日本人が規律を重んじ、伝統を守っているからこそ、おもてなしの精神と感謝する気持ちがなくならずに続いているのだと思う。海外の人たちの中には、日本のコンビニの店員さんの接客態度が素晴らしいと感じている人も多いようだ。アメリカ大統領夫人の前でお辞儀をする子供たちの映像をネットで見たが、見ていて心がほっこりする。

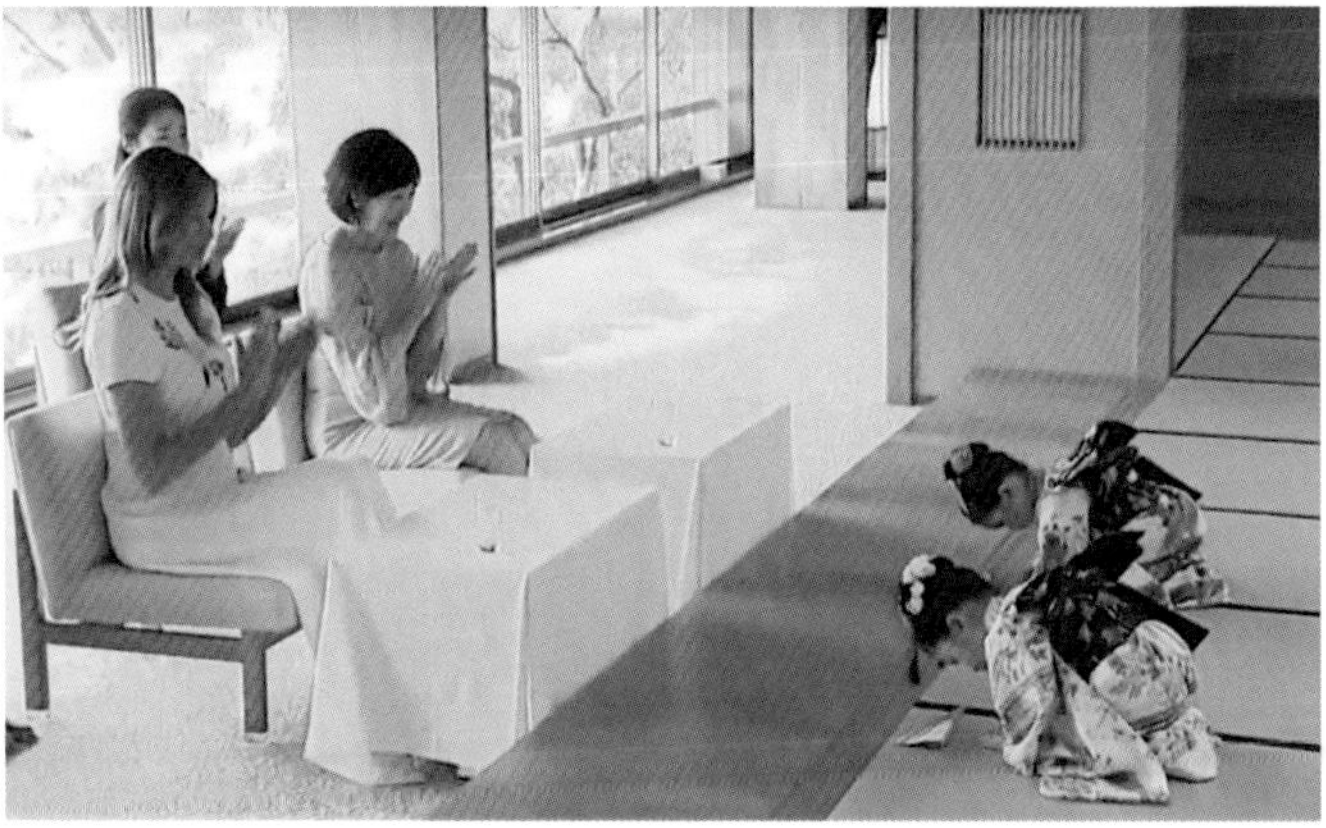

最近、「無料です」という言葉をよく耳にするが、すぐに飛びつかず、よく考えて対応することにした。無料というものは一度試してみるには良いものばかりであるが、無料お試しの後に「ノゥ。今後は結構です」と言いにくい状態が続くこともしばしばある。この歳になり、そうした一般常識であるとても簡単なことを知らなかった自分にプンプンしている。

袖振り合うも多生の縁

あるとき「袖振り合うも多生の縁」の意味を調べてみた。

生まれる前から過去世で何度も会って別れている深い因縁のあった人との巡り合わせという意味らしい。私もこれまで、初めてお会いした方々を見て時々、ハッとしたことがあり、「ここでお会いしたのも偶然ではないかもしれませんね」とか「これをご縁に、これからもよろしくお願いいたします」などと何気に会話をしてきた。

最近、昔を振り返り感じたのは出会いである。自分が経験しなかったこと、育ってきた過程で見たこともなく考えることすらできないようなことを、すれ違った人たちが教えてくれた。

30〜40年前、当時新幹線に乗る人はたいてい背広を着ていて、女性もローヒールや普通の靴を履いていた。サンダル履きの人はいなかったように記憶している。現在はジーパン、Tシャツは普通であり、サンダルを履いて乗っている人も珍しくない。そんな中、実家に行くときは多少子供たちをはじめ全員の服装には気を付けていた。両親やお祖母ちゃんたちに、お金がなくて服も買えないのかと思われるのが嫌だったからというのもある。

田舎に行くため東京駅で新幹線に乗ると、私より少し年齢が上と思われる女性の方が隣の席に座ってきた。

「どこまでいらっしゃるのですか？　私は北陸に行くのですが」と声をかけた。

その女性の格好はサンダル履きにエプロン、買い物カゴ（昔は丸い取っ手が付いていた）を持っている。するとその女性は

「今、浅草の雷門でお買い物をしてきたのです。これから大阪に戻り、夕食の支度をしなければならないんです」。時計を見ると午後4~5時くらいである。

「大阪から東京まで新幹線に乗っておつかいに来たのですか？」

「そうなんです。でも新幹線を降りると誰に会うかわからないでしょ。だから、このスタイルなの。例えば旦那にパッタリ会っても『あら、お帰り。今おつかいの帰りなの』て言えばわからないもの」

話が進み、今も忘れることのできない内容に笑顔が飛び出す。彼女の話によると、ご主人がものすごくケチで、１００円の違いであっても目の色を変えて怒り出すのだとか。だから預かったお金は必ずメモを残して、しっかり管理しているとのこと。けれど、カードで買ったものは毎月同じくらいの金額になると思うらしく、ノーチェック。だから彼女は全部カード払いにしているそうだが、毎月同じくらいの金額になるまで使用しなければバレるので、大変な計画が必要になるらしい。

その頃、私はセールスをしていたので、色々な家庭を見てきていたが、結構ご主人がお金の管理をしっかりしていて自由に買い物をできない人が多かったように思う。あるいは私がセールスであるために、そのように話していたのかは定かでないが。

しかし隣に座っていた奥様の度胸には、ただただ驚くばかり。もしご主人にバレたらどうするんだろうと余計な心配をしていた。奥様にとってはこれが日頃のウップン晴らしになり、夫婦円満の秘訣につながっているのだろう。私は感激してしまった。また１つ勉強になったが、私のみみっちい心ではとても真似できない。

これも新幹線の中で偶然隣り合わせた縁である。厳しいご主人とでも楽しく過ごすことができる方法があるのだと感心し、勉強させられた。私の人生の中での笑い話の財産である。

そうそう、新幹線と言えば、以前やはり隣り合わせになった方と子供の育て方について話をしたことがあった。その方は「学校の先生や親戚の人たちの前で自分の子供を褒めるようにしなさい」とアドバイスをしてくれた。私の欠点を指摘し、生き方の指針を示してくれたのである。この一言があったから、入会社に入社して管理職となったときに、自分自身の個性を思う存分出せるようになったのだと思う。その方に言われて、それを実践してきたのだ。だから、その人のことを今も忘れることができない。偶然、新幹線で隣り合わせた縁で、一生の勉強をさせられたという思いである。

反対に、こんなこともあった。まだ息子が保育園に通っていたときのこと。ある公園に遊びに連れて行った。子供たちは滑り台に上り、楽しそうに遊んでいた。私はベンチに腰かけて子供たちが遊ぶ様子を見ていたら、同じくらいの子供を持つお母さんが私の隣に来ておしゃべりを始めたのだが、どこの誰だか知らない人だった。

「子供さんはどこの保育園ですか？　私××保育園です。子供を預けて一生懸命に働いているのに家が買えないんです。なかなかお金がたまらなくて。どうしたらいいですかねぇ…」

当時、中古住宅を購入していたため、こんなふうに答えた。

「あの子は、この近くの○○保育園です。お母さん、食事はどんな方法で買い物をされますか。私は３人家族ですが、大きなお鍋で2～3日分くらい一度に作ります。そして毎日食べさせるのでなく、日にちを空けて内容を少しアレンジして食べさせています。私は勤めているので時間が思うように取れなくて、手抜きをしているのです」

「あっ、そうなんですね。毎日毎日、時間をかけて、お金をかけて作っていました。そうすれば燃料費もかかりませんね」

私がどうしてそうやっているのか、わかってくれたようである。

そして数年後、私たち家族は引っ越しすることになった。その前日、玄関をドンドンと叩く音がするので出てみると、見たことのない人が立っている。

「あの…、どちら様でいらっしゃいますか？」

「私、家が買えたのです」

目の前にいる人の言っていることがさっぱり意味がわからなくて、「ハァ…」と言ってトンチンカンな顔をしていると、その人が息子の通う保育園に行って親子のイメージを話し、どうしてもお礼がしたいからと住所を聞いて訪ねてきたという。そう、あのときのお母さんだったのだ。そこまでして探してくれたのかと頭が下がったが、普通に自分がしていることをそのまま話しただけで、アドバイスをしたとは思ってもいなかった。公園で子供たちを遊ばせながらベンチに腰かけ、たまたま隣り合わせた人とチョッとした会話をしたことが、人の役に立っていたとは。


こんなこともあった。50歳前後の会社勤務時代の頃のことで、通勤電車の中での出来事である。電車が終点の駅に到着した。全員降りてしまったが、急ぐこともなく最後に降りようと思い立ち上がると、隣にヤンキーっぽい大学生かな？と思うくらいの人が寝ていた。髪の毛はマッ茶色でカットの方法も何か普通と違う、服には何やらチャラチャラとしたものが付いていて、耳にはピアス、大股広げて腕を組み、頭をガラス窓にもたれて、ものすごい格好である。ハテどうしたものか…。声をかけるべきか知らん顔してそのまま立ち去るべきか悩んだが、もしものときは駅員さんもいることだしと思い、勇気を出して声をかけた。

「あの…、終点ですよ」

ドキドキである。するとガバッと起き上がった。

「エッ。終点ですか？　ありがとうございます。助かりました。全然知らないで寝てました」

そう言うと慌てて電車から降り、ホームで私に頭を下げて行った。

このとき、外見だけで人を判断してはいけない。そして勇気を出した私へのご褒美だったかなぁ…などと思ったことを覚えている。今も忘れられない出来事の1つである。

振り返ってみると、たくさんの方たちに色々なことを教えられたと思うが、全てを思い出すことはできない。皆、たまたま隣り合わせた人たちであり、話をしたのもせいぜい10分~2時間くらいの出会いだったのだが、どれも忘れることのできない思い出である。きっと、それぞれに必要なタイミングで何かを伝えてくれるような人との出会いがあり、その後の人生に役立つ言葉として記憶に残るのかもしれない。そのために隣り合わせになったのだろうと思う。

私は、結婚して普通の専業主婦に憧れ、子供を授かり夢を実現させようとしたときに、

「オマエはそういうことをするためにこの世に生まれてきたのではない」と神様に言われたような気がして、勤め人となった。

現在、友達や周りの人たちを見ていると、自分ほど苦労した人間はいないのではないだろうかと思うことがある。会社勤務していた頃は「女に何ができる」と社会から思われていた時代であり、会社の多くの男性たちからは目の上のたんこぶのように思われていただろう。私に対する個人攻撃は強烈なものがあった。能力のなさがそうさせたのかもしれないが…。

そういう人たちと、退職してから駅のホームで偶然顔を合わせることもあったが、これも因縁だろうと思い、勇気を出して私から声をかけた。

「あら、こんにちは。随分ご無沙汰していますが、お元気ですか?」

きっと、私の未熟な性格を成長させるために与えられた必要な経験であったのだろうと思う。

苦労している最中は、どうしていいのかわからず途方に暮れていた。壁にぶつかり打開する方法がわからず焦っていたことも多い。そんなとき、こんな方法もあるよと知恵を貸してくださった上司の方々、そして友達、偶然隣り合わせた人たちが私を支えてくれていたのだ。足を引っ張る人たちや、意地悪をする人たちとも、私が経験しなければならない隣り合わせだったのかもしれない。

振り返れば、一つひとつに対してしっかりと足を地に着けて踏ん張り、頑張ってきた。どれもこれも、この世で必要な修行であったのだ。どんな苦痛にも真正面からぶつかり、涙を吹き飛ばし、前進しようとすると必ず助けてくれる人たちがいた。

皆、ありがとう。

親が子供の妨害をしないように

子供を病院の小児科に連れて行っていた頃の話である。40年以上前になるかもしれない。待合室で親子の会話を何気に聞いていて唖然としたことがあった。

寒い冬の日に、ミンクのコートをカッコよく着こなしたきれいな女の人が待合室にいた。すると、その彼女が突然

「テメー、早くしろや。何してやがる。モタモタするんじゃねぇよ」。誰に言っているのだろう…と思いながら聞いていた。彼女の子供と思われる4～5歳くらいの男の子が

「待ってよ」泣き叫んでいる。それを見た彼女は

「この野郎。いつもオメーがトロトロしやがるから遅れるんだ。チクショー。早く来やがれ」。男の子は泣きながら母親の後を追ってついて行った。お母さんはも

のすごくきれいにお化粧をしていて、口を開かなければ高学歴の若奥様という感じに見えたので、彼女が発した言葉とのギャップに余計に驚いた。

それにしてもビックリした。言葉の暴力に近い。もし、「お母さん、待ってよ」と言っていた男の子が成人して社会に出ていくようになったとき、お母さんが言っていた言葉をそのまま誰にでも使うようになる。子供の人生に悪影響を与えることになり、男の子は苦労するだろう。母親が日頃から先ほどのような言葉遣いをしていれば、子供はそのうち違和感を感じなくなるだろう。会社であれば社長や上司、得意先、家庭を持ったときには奥様などに対して、子供時代に聞いた母親のような言葉を使ってしまうことがあるかもしれない。

覚えてしまった言葉遣いは急には変えられない。規律がある会社や、温かな家庭を築くのにはかなり厳しい状況になる。いくら能力があって優秀であっても、人柄を受け入れられなくなることが多い。そして、もっと怖いのは、彼女が歳を取ってお婆さんになったときに、今度は息子から、自分が発していたような汚い言葉を浴びせられるのではないかということである。歳を取れば母親と息子の立場が逆転する。彼女はきっと、そのことに気付いていない。だから、あんな言い方をしていたのだ。
これは方言のせいということもあるのかもしれないが、話をしていると不愉快になって途中で会話をやめたくなる人がいる。今はそういう人たちのことを避けていればいいが、現役時代はそれができないため、ストレスが溜まって体調を崩したこともあった。今は天国だ。近寄らなければいいのだから。

お母さんが常日頃口にしていることを、子供は真似るものである。
40年ほど前、息子（6歳頃）と預かった子供（5歳くらい）と3人で食堂に入ったときのこと。預かった子に
「何が食べたい？」
「チャーハン」と言うので、3人が同じものを注文した。皆で食べ始めたのだが、これはちょっとあまり美味しくないなぁ…と思っていたら、その子が
「こんなまずいもの、食べられるかよ」とお店の人に怒鳴ったのだ。すると、息子が
「まずかったら食べないでおけばいいんだよ」と言ってくれた。このとき、きっ

とこの子の親御さんはいつもあんな言い方をしているのではないだろうかと思った。その子に
「確かに美味しくなかったけど、お店の人は一生懸命作ってくれたのかもしれないよ」と話した。子供は親の姿を見て育つと言われている。

こんなこともあった。結婚している女性が話していたことに納得がいかなかった会話である。

彼女は「お母さんに何を説明してもダメなの」と自分の母親のことを侮辱していた。彼女が何に対して母親がダメだと言っているのかは定かでなかったが、もし携帯電話やインターネットの使い方がわからないせいでそう思うのであれば、それは時代が違うのだからできなくて当たり前であり、彼女自身もこれから生まれてくる子供にやがて同じようなことを言われるようになるだろう。常に時代は変化しているのだから、次々に新しいものが市場に出回り、古い頭ではついていけなくなる。仕方ないことだ。それが進歩というものである。

なぜか、彼女の言っていることを聞いて、自分の息子たちにバカにされているような気分になりムカムカしてきた。私の悪い性格である。他人のことは他人のこと

と割り切れないのが私であり、口を出した。

「あなた、現在結婚していて、これから子供さんが出来ると思うわ。あなた自身が子供を育てていくことになると思うけど。現在あなたがここにいるのは、お母さんがいたからなのよ。もしお母さんがいなければ、あなたはここにいないの」

そう言うと、彼女は黙って聞いていた。これからは彼女が親となるのである。さらに続けた。

「あなたが小さいとき、お母さんは自分のことを後回しにして、全てのことに対してあなたを優先させて一生懸命だったと思う。自分1人で赤ん坊のときから大きくなったなんて考えるのはおかしい。そういうふうに思えば、お母さんとどのように接する必要があるかわかると思う。お母さんを侮辱する前に、感謝する必要があるのではないの？　もう少しお母さんに対して柔軟な考え方ができるのではないかしら？　今度はあなたが親よ」

私も数十年前、会社でパソコンや携帯電話が使われるようになると真っ先に勉強してたくさんの社員の前で使用方法を説明していたものであるが、現在はどうかいうと、携帯電話は何とかかけることができるがスマホは先方からかかってきても取れない状態だ。パソコン（ＰＣ98時代）を会社で使用するようになると、いち早く自宅に購入して色々な書類作成に役立てていたが、最近はノートパソコンとなるとさっぱりわからない。画面がおかしくなると息子に「この画面は、どうすればいいの？」とメールで問い合わせている。

会社現役時代にはパソコンについて自信があるつもりだったが、現在はどうすればいいのかさっぱりわからない。これが時代の変化というものであり、歳を取れば時代の変化についていけなくなる。パソコンだけでない。全てが時代と共に進歩し、人は歳を重ねていく。仕方ないことなのだと、一人寂しく納得している。

子供の頃（昭和30年前後）は、日本は食についてとても厳しい時代であり、卵やバナナが病気の見舞い品であったと記憶している。そんな時代に、両親がこの子は身体が弱いからと肝油を飲ませてくれたり、牛乳を取ってくれたりと、今では普通のことが当時は大変な贅沢であったと思う。このように、自分が食べなくても子供たちには食べさせてやりたいと必死の思いで大切に大切に育ててくれたのだ。

今は親が子供を怖がっている。育てる過程で子供に無償の愛を注いだだろうか。

間違っている場合はしっかり叱り、良いことをしたときは褒めて、親としての権威を示してきただろうか？　私はこんなことを感じている。

＊相手を思いやる気持ち…お祖母ちゃんが重いものを持てなければ手伝う
＊挨拶の仕方…常に親が挨拶をしていれば、子供は自然と真似をする
＊分かち合い…家族が多いので「この分は誰々」と食べものなどは残しておく
＊言葉遣い…方言であったが両親、祖父母から厳しく注意されていた
＊お礼の言葉…母と仕事をしているとき、母はいつも必ずお礼を言っていた
＊情報を共有…全員揃って食事をし、その日の情報が家族に伝えられた

○子供の長所を発見して褒めてやること
○初めて経験することについて、しっかり教え込む
○打たれても、しっかり立ち直れるように

誰でも自分が一番だと錯覚する年代は、20～30代前後だろう。物事の道理を深く

追求しない年代であるが、最近この年齢の人たちを見ていると、親の存在を意識しないで自分が絶対的であり、親を怒鳴りつけている人たちに遭遇する。大切に自分を育ててくれた親であれば、どんな場合でも親の意見を尊重して自分の意見と照らし合わせ、考え方の相違をしっかり受け止める必要があるのではないだろうか？

ものの本によると、皇室に嫁がれたような方でも作法についてはかなり厳しく教え込まれているようである。自分のお母様よりも先に歩かれたり、母親にお客様のコーヒーを出させたときなどはしっかり叱られるそうだ。どんなに偉い立場になっても「親を大切にしなさい」ということだろうと納得して読んでいた。私はそうしたことを身近で見て驚いている。

親子の縁は深いつながりがあってこの世に生まれてきているのだから、大切にするのは当然のことである。子供が出来れば子供たちに支えられて生きていくのだ。今、現在、元気に暮らしていられるのも子供たちのおかげであると感謝しているが、幼少期などはしっかりと子供のことを見つめてやることができなかったと反省ばかりしている。けれど、少なくとも言葉遣いや多少の礼儀作法については、両親から教えてもらったことを子供たちに伝えてきたつもりだ。息子たちのこれからの人生で、全ての人たちと気持ち良く接することができるよう考慮して育てたと思っているが、これは母親の私だけが感じていることかもしれない。

息子に以前に話したことを思い出した。何か話そうとすると内容がわかるのか話の途中で先回りして否定したり、話の腰を折ることがしばしばあったので、息子に言った。

「確かにあなたはお母さんが話そうとしたことがすぐにわかるのかもしれない。でも話の途中で口を挟まれると、とても嫌な感じがするものよ。わかっていてもまずは相手の話を最後までしっかり聞いて、それからあなたの考えを伝えなさい」

そう言って注意したことがある。

息子のようなパターンの人たちが最近多いように感じられるが、私も以前は時間がなかったので、同じようにしていたことがあったかもしれない。自信がないので少し反省。

生まれてくる子供たちは真っ白な画用紙そのものであるが、いつか自分を生んでくれた人の背中を見て、その人を真似ながら人生を歩むことになるだろう。その子がどんな人生を歩むことになるのかは誰にもわからない。もしかしたら立派な会社の社長になるかもしれないし、接客業に就くことになるかもしれないし、官僚のトップになっていくかもしれない。どんな方向へ進むことになるかわからないが、何もわからない子供たちに対して、どこに出しても恥ずかしくない常識的な言葉遣いや礼儀作法を、親は教える必要があるのではないだろうか。子供の幸せを願わない親はいない。どんな条件の中でも我が子だけはと考えるものである。

ある日、息子と買い物に出かけた。

私たちの前を4～5歳くらいと思われる男の子を連れた若いお母さんが歩いていた。男の子が

「これが欲しい。欲しい」とねだっている。お母さんが

「今日はダメ」と言ったが、男の子は諦めきれず

「いやだぁ。いやだぁ。これが欲しい」と寝転んで足をバタバタさせながら大騒ぎしていた。お母さんは知らん顔をしている。するとその子が近くにあったスーパーのゴミ箱を勢いよく壁にぶつけて、バラバラに壊してしまった。ゴミ箱の破片が通りかかった人に当たり、その人はものすごい顔で子供をにらみつけていたが、

お母さんはその人に「ごめんなさい」の一言もない。

あらら…この子をかなりわがままに育ててしまったようだ。お母さんはお母さんで、破片が当たった人に謝ることもしないような人なのね。それを見ていた近くの男性が

「こら。お店のものを壊してどうするんだぁ」と怒鳴った。するとお母さんは

「壊しちゃいけないいんだってさぁ」と子供に言っている。

「ハァ…。これが最近の親なの？　ビックリだね」

私はそう息子に話した。親の顔をしみじみと見つめてみると、息子たちと同年代に見える。このお母さんも自分の親にしっかり子供のときに教えられなかった可哀想な人なのかもしれないが、子供がお店のものに当たり自分の意志を何が何でも通そうとしたとき、親としての叱り方、そしてスーパーのゴミ箱を子供が壊してしまったことに対しての親の責任を、子供にしっかり見せる必要があると思うのだが…。彼女は何もしなかった。

普通は、その場で子供を連れてお店の方に

「自分の子供がゴミ箱を壊してしまい、申し訳ありません」と頭を下げに行くの

が当然だ。子供がしたことに対して親には責任があるということを子供に見せなくてはならないし、教える必要があるだろう。そしてゴミ箱を壊したのだから弁償しなければならないことも、子供にわからせることが大事だ。

「あなたが壊したものにお金を使ったのだから、もう何も買えない」と言って聞かせることもできる。今度、自分が同じことをするとお母さんが恥をかき、謝らなければならないということも意識させ、勉強させる必要があると思うが、知らん顔しているなんて信じられない。ゴミ箱の破片が当たった人に謝ることもせず、注意してくれた人にお礼も言わず、その上

「壊しちゃいけないんだってさぁ」とは何たることだ。

この子は、これからも同じことを繰り返すだろう。そして大人になっても自分だけの意見で他人の言葉に耳を貸さないような人になるか、社会人として普通に謝ることができない人間になっていく可能性がある。小さい子供時代からある程度の常識について、親が認識させる必要があるだろうと思いながら、見ていた。

子供を怒鳴った男性は私たちと同年代であり、男の子の態度を悪いとわかっている人である。

「あの子の親、自分の子供の将来をダメにしているね」

「そんな親に教育してきたのは、お母さんたちの世代だよねー」と言われ、耳が痛い。自分たちの時代の子育てが間違っていたのだろうか。私はショックでうなだれてしまった。

我が家の息子が5〜6歳だった頃のことである。

ある英会話塾の先生から私宛に電話がかかってきた。この先生の言っていることが全然わからなくて、聞いていても「？？」の状態である。

「もし、英語を勉強したいのであれば月に3000円の月謝をお願いしますので、お子さんと相談されて申請書の提出をお願いします」

一体何のことだぁ？　息子に聞いた。

「こんなところから電話があって、英語の勉強に行っているんだって？」

「ウン、行くとおやつをくれるんだもの。勉くんといつも一緒に行っているんだ」

「エッ、あの子が毎週行っているの？」

「ウン、結構面白いよ。僕のほうが勉くんより話せるかなぁ」

「毎週行っていたの？」

ヒュ…知らなかった。すぐに彼のお母さんに問い合わせてみると、随分前から習わせていたようである。友達であるうちの息子を誘い、塾に連れて行き、終わってからお互いが遊びに集中していたようである。息子は息子で行けばおやつを出されるので、これ幸いと2人が共に良き友達として意気投合していたらしい。

「これからも英語の勉強がしたいの？　やりたいのなら先生にお願いしますと言って紙に書いて毎月お金を払わなくてはいけないのよ」

「あぁ…。そうなんだぁ。いつもおやつをくれたのでそれが楽しみだったんだぁ。今、少し挨拶も言えるし、しばらくやりたいなぁ…」

息子がそう言うので、私は慌てて英会話塾の先生のところに行き、おやつを食べに行き始めたときからの授業料を払ってきたが、それにしても息子が知らぬ間に英会話の塾に通っていたなんて本当に驚いた。先生は

「義夫君はとても早く覚えるので楽しみです」と言っていたが、この言葉を信じていいものなのか？

男の子はあまりおしゃべりをしないので、このように驚くことが多い。

子供を育てていく過程で大切なのは、親の都合ではなく子供のペースに合わせること、そして子供を束縛しないことではないだろうか。我が子のためを思うのであれば成績のことや高校、大学の進路について必要以上に期待したり気をもむのではなく、本人が何をしたいのかわからずにいるようだったら、どういうことがその子に向いているかをじっくり見守りながらアドバイスしてあげる必要があるかもしれない。

息子が中学校時代にテストの結果を見せてきたことがあった。それまでテストの結果について聞いたり見たことがなかったので、ウン？　珍しいなぁと思いながら見てみた。

「お母さん見て。このテスト、平均点数が40点だったんだぁ」

「あら、そうなの。その問題の内容はどんなものなの？」

「これ」

もともと勉強が大嫌いだった私（その頃、50歳前）には内容がとても難しく、意味不明。遥か昔、こんな問題もあったかしらと記憶をたどってみたが、思い出せない。

「へ～、こんなに難しいテストで94点も取れたんだぁ。すごいね。やるじゃない」

「クラスで1番だったんだよ」

「もし、お母さんがテストを受けたら平均点以下だよ。よく頑張ったね」

「お父さんにも見せて同じことを言ったけど、お父さんは『答えがあるものが、どうして100点満点取れなかったんだ？』と言ったんだぁ。どんな返事が返ってくるかはわかっていたけどね」

2人の親の返事は全然違っていた。私の言葉に大はしゃぎしていたが、もし夫だけの言葉であれば、息子は果たしてどんな気分になっていただろうかと思うと、恐ろしくなる。

その頃、私は会社で異動があり、立場も変わって担当する業務をクリアすることで精一杯だったので、子供たちの勉強までは目が届かず本人任せにしていたのだが、息子たちは息子たちなりに精一杯頑張っていたのだった。

最近、テレビで親が子供に「これは重要」などと言って、勉強の仕方を教えている場面を目にしたことがあったが、子供たちが自分で考えて「どうすれば覚えられるか」を見つけ出すことも重要であり、それが経験となり勉強にもなるのではないだろうか。親が教えた通りに勉強すれば確かに点数は良くなるかもしれないが、将来、それが本当に子供の役に立つのだろうかなぁ…と漠然と見ていた。

職場などでも同じことだ。

どのように育ってきたのかわからないが、会社から与えられた業務を最初から全て説明しなくてはならない人がいる。こんなことがあった。会議室に2人がけの机と椅子が縦に8セットあり、3列（計24セット）に並べられていた。前方から各列3セットずつ計9セットを四角にレイアウト変更して会議を終えた。後ろにあった残りの15セットは使用していない。

会議を終えたとき、ボードには色々記入されていて、室内には飲みものや椅子、書類、サンプルなどが散らかっていたので、次にこの会議室を使用する方たちのために片付けておく必要がある。私は40～50代と思われる1人の女性に片付けを頼んだ。

「ここを片付けて元に戻しておいてください。資料などは私のところへお願いします」

「何をどうすればいいのですか？」

「ハイ、ごめんなさいね。別の方にお願いしますので、そのままで結構です」

少なくとも彼女くらいの年齢になっていれば現状を見て判断できると思ったが、どう片付ければいいのかわからないようだ。彼女が今後も同じような仕事の仕方を続けていれば、やがて職場で必要とされなくなるだろう。

当時、私が勤めていた会社は男性がほとんどで、女性は一割強くらいであったと記憶しているが、このようなタイプの人は女性に多いと感じられた。そのため、余計に「女に何ができる」と男性から思われることになり、そのように言われても仕方なかったのかもしれない。

どうすればいいかを聞く前に、まずは自分で考えて行動し、それから質問するのが当然であり、それが社会に出てからのその人の姿勢となっていく。わからなくても努力してみることが大切だと思うのは、私だけだろうか？

息子たちは10代後半になっても自分の進む道が決まらず、目的もはっきりしていないようだったが、私は口出しをしなかったし、その後、実際に自分で目標を決めて、それに向かって進み始めたときにも反対しなかった。あるとき、息子がこんなことを言い出した。

「お母さん、僕はシステムの関係に進みたい」

「いいんじゃないの」

私としてはやっと自分の方向が決まってきたのかなぁと思い、息子の言葉を聞いて内心ホッとした。

「履歴書を何通出したと思う？　全てダメだったんだぁ。でもね、今回は面接のとき、エィ、チクショ。言いたいこと言ってやれと思って話していたら、面接官から『よくわかりました。もういいです』と言われて。帰ってきたら合格だった」

話を聞いていて、自分にそっくりと笑いが止まらなかった。イザとなると親子よね～。そんなわけで、息子たちのこれから進みたいという道については、本人任せとした。

子育ては、親が子供へ道標を示し、親として良い助言ができなければならない。私が子供たちにとって良い見本になれたかどうかはわからないが、夢中で働いた後ろ姿は見せてきたつもりである。息子が成人したとき、昔思っていたことを教えてくれてビックリ驚き、青くなってから噴き出したことがある。暴走族になりたかったというのだ。しかし、母親のあまりにみっともない姿を見てやめたそうだ。私は家と会社の通勤にかかる時間を短縮するにはどうすればよいか、必死に考えていた頃である。自転車からバイクに換えて会社まですっ飛ばし、職場に駆け込む。時々、エンジンをかけるとバイクだけが飛んでいく。走る格好は前屈み、背中には風が入り丸くなる。どう見ても人間には見えなかったようである。母親が先に暴走族をやっていた。なにはともあれ、セーフ。

現在、ふと考えるときがある。

私は人生で一番大事な子供時代にお祖父ちゃんやお祖母ちゃんから礼儀作法や言葉遣いを教えられ、両親からは仕事の手伝いをしながら生き方を自然に学ぶことができた。結婚して東京に来てからは、現在までずっと近くで励まし教えてくださった先生がいる。子供の育て方に悩み、保育園の送り迎えで疲れ、苦しくてどうしていいかわからないときや、働き方に迷ったり、息子たちの将来や結婚について考えていたときなどには、我が家のことを思って方向性を示してくださった。また、本を出版したいと思ったときには、たくさんのアドバイスをしていただき決心することができた。私自身の考え方や難しい問題にぶつかったとき、何十年と指導してくださった、私の大切な大切な先生である。

誰もがそうだと思うが、生きていると様々な困難がやってくる。厳しい状況のときにはいつもそばで楽しい会話を投げかけてくれる友達がたくさんいた。だから今日まで耐えることができたのだと思う。会話の先生であるユニークな女性は、他の人ではとても思いつかないような言葉で私を笑いの世界へ案内してくれた。

これまで出会ってきた全ての人たちに感謝したい。私は出会いに恵まれた。たくさんの人たちから人生を教えられ、物事を学ぶ機会を貰い、人間関係を広げられ、心を支えられ、人と人とのつながり方が未熟な私を皆が成長させてくれたと思っている。

孫の一言

孫の一言で、全員固まってしまったことがある。

定年退職して派遣社員として働いていた頃である。義夫が社会人2～3年目で、同居していた頃の話である。

長男は結婚して数年、初めての子供（当時3歳くらい）、私には孫になる健太を連れて遊びに来ることになっていた。義夫が言う。

「今日は健太が来るんだよね？」

「ウン。時間は何時頃になるかわからないけど、来るよ」

「何して遊んでやろうかなぁ…」

「まだ3歳だから公園（近くにある）に連れて行って、砂場で遊べば。きっと喜ぶよ」

「そうだなぁ…。悪くないなぁ」

義夫は健太が大好きなようである。

「僕はお兄ちゃんにすごく面倒を見てもらったんだ。だから今少しでも恩返ししたいんだ。健太はとても可愛いからね」

義夫は、長男たち家族3人が来るのを楽しみにしていた。何をして遊べば喜ぶか一生懸命に考えていたのだ。

そして、長男たち3人が我が家にやって来た。ところが雨が降り出したため、公園は無理なので家の中で遊ぶこととなった。そんなこともあろうかと、義夫は3歳くらいの男の子の好きそうなオモチャを購入しておいたようで、それを出して2人で遊び始めた。健太はキャキャと喜び、騒いでいる。

私はテーブルを出し、お茶とお菓子を準備して、嫁としばし雑談となった。すると、健太が

「おじちゃん、今度は何するの？」と聞いている。長男が

「ママと買い物に出かけてきたいのだけど、お母さんと義夫、2人で健太を見ていてくれるかなぁ。すぐ帰ってくるから」、2人とも「ＯＫ」と返事をした。

義夫はオモチャの電車を組み立て始め、1時間以上ずーっと同じ姿勢でしゃがん

で健太の相手をしている。

「出発します。次は東京です。ポッポッ、到着しました。健太はどこへ行きたい？」

義夫の様子を見ていて、私ならこの姿勢で1時間以上も孫の相手をすることはできないなぁと思ったので、聞いてみた。

「疲れないの？　その姿勢で」

「ウン。僕が小さいときは、お兄ちゃんがいつもこうして遊んでくれたんだよ。お母さん知らないだろう」

長男と義夫の年齢差は10歳。義夫の言う通りだ。私は働くことが第一優先で、子供たちがどのようにして日々を過ごしていたのか知らないのである。けれど、子供の日常を知らないのは私だけではなかったかもしれない。

長男を里帰り出産したときのことである。長男が生まれ、病院から実家に帰ってきた。両親にとっては初孫だ。その頃、お祖母ちゃんは健在で、母（当時45歳くらい）は仕事に行っていた。そのため普段はいつもお祖母ちゃんと会話をすることが多かった。

夜になり、母が言った。

「孫をお風呂に入れてやらなあかんなぁ」

「私、できないからお願い」

「どうやって入れるかなぁ。赤ちゃんバスを使うようだけど、やったことないし」

「どんな方法でもいいわよ。きれいになれば」

「じゃあ、お母さんが湯船に入ったら連れてきて」

そう言うので長男を裸にして湯船に入っている母に渡すと、長男の両脇をしっかり持ち頭を両手で押さえて、ズボッ〜〜とお湯の中に浸け、しばらくすると
「終わり」

「エッ、頭も洗わない、身体も洗わない、お湯に浸けただけ？　大根洗いじゃないんだから、少しは洗ってよ」

「怖くてできない」

「え〜っ、だって私たち姉弟妹3人もいるんだから、少なくても3回は経験してるでしょ」

「皆、お前たちのときはお祖母ちゃんが入れてくれていたから、お風呂に入れた

ことがない」

そういえば、妹も弟も確かにお祖母ちゃんが入れていたかなぁ…。母もやはり赤ん坊のお風呂の入れ方を知らなかったのである。

義夫が言うように、長男に遊んでもらっていたという状況を、私は知らなかった。

お風呂の話が出たので、東京に帰ってきてから子供をお風呂に入れていたときの様子を少し説明したいと思う。昭和46年頃の銭湯の話である。

アパートにはお風呂がなかったので、赤ん坊を背負い着替え一式とバスタオル、それに自分のものを用意して、大変な量をぶら下げて銭湯に行っていた。その頃、私たちが住んでいたアパートは玄関が個別にあり、トイレも別々になっていたが、ほとんどのアパートは玄関もトイレも台所も共同になっていた所が多く、かなりたくさんの人たちが銭湯を利用していた。

当然、赤ん坊のお風呂も銭湯でということになる。多いときには赤ちゃんが10人くらい重なることも珍しくなかった。暑くて汗をかくので毎日銭湯に連れて行くのだが、そこにはアルバイトかパートかその銭湯の人か知らないが女性の方がいて、子供を洗い終わり服を着せる段階になるとドアを開け、その女性に自分の子供を渡していたのである。その女性がバスタオルで赤ちゃんの体を拭いて洋服を着せてくれたのだ。彼女がお祖母ちゃんの代理である。

お風呂に入る前に、上がってきたら着せてもらう服を出して用意し、上にバスタオルを置いてから、赤ん坊の名前を伝えて、お願いしていた。赤ちゃんの世話をする場所はちょうどベビーベッドくらいの高さになっていて、10人くらい寝かせておけるよう横に広く作られていた。赤ちゃんは白湯を飲ませてもらって安心するのか、あまり泣かないので、親も心配しないで自分1人の時間を銭湯で満喫できたのだ。たくさんの人たちで賑わっていた。

現在は、ほとんどのマンションやアパートにお風呂とトイレは付いているので、銭湯で赤ちゃんをお風呂に入れていたなんて想像できないだろう。それに最近はパパの子育てを支援するための制度が出来て、イクメンなどと呼ばれて父親が育児に協力することが珍しくなくなってきており、ママは銭湯ではなく家の中でお風呂に入る。私たちが子育てしていた時代とは遥かに違う。

その当時、お祖母ちゃんが話していたことを思い出し、笑いすぎてお腹が痛くなった。

長男が泣き始めると、お祖母ちゃんがあやしたり抱いてくれたりしていたのだが、そのときの会話である。

「この子は何という子じゃ。足音が近くに来ると泣き止み、遠くになると泣き出す。生まれて何日も経っていないのに、すごいなぁ。祖母ちゃんは5人も子供を育ててきたけど、こんな子いなかったわぁ。しかし、お前のオッパイは小さいから、起きて抱いて飲ませんといけないから大変だなぁ…。祖母ちゃんは夜寝ていてお腹が空いて泣いたらホィと出して、出しっぱなしで寝ていた。そうやっていても風邪など引かなかったぞ。畑をするときは子供を背中に背負い、後ろでお腹が空いて泣くと、仕事をしながら胸を開けて乳をポイと後ろに投げてやる。するとお腹が一杯になり、また寝るんだわぁ」

「えっ、抱っこしないの？」

「そんな時間、もったいない。その時間、仕事ができないではないかぁ」

お祖母ちゃんの胸はビューンと伸びていたのかもしれない。いつも着物を着ていたけど帯に挟まれていたのではないか、などといらぬ心配をしたものである。何せ5人も育てたのだから。それにしても、よほど大きくなくてはオッパイが後ろまで届かないのではないかしら？

昔、「8時だよ！　全員集合」で、確かお祖母ちゃんが話しているようなことを志村けんがやっていたなぁ…と思い出した。あれは事実を扱っていたのかもしれない。私とは全然違うお祖母ちゃんが、すぐそばにいた。

1時間ほどして長男夫婦が帰ってきた。

部屋には、孫とママと私と義夫である。今度は、健太にパソコンでDVDのアニメを見せようと思ったようである。その当時、我が家のパソコンはセパレートで、和室の机の上に画面があり、机の下にキーボードが保管されて手前に引っ張れば正座をして打ち込み可能となるXPだった。キーボードは真っ白。健太に100円ショップで買ってきた椅子を用意して机の前に座らせ、キーボードを手前に引き出して画面を立ち上げた。義夫がキーボードに触ろうとしたとき、健太が言った。

「まぁ。ここホコリだらけ。ここん家、掃除機ないの？」

「エッ(@_@)?」とママ。

「ここでは、そんなこと気にすることないわよ。でも他の家では注意が必要よ」

私と義夫はビックリしてキーボードを確認してみたが、ホコリが全然見えない。目が悪いのかもしれないが…。

その後、義夫の態度が一変した。普段、部屋（6畳）の中は散らかし放題で、足の踏み場もないくらいなのに、健太たちが来る盆、暮れなどには、部屋を片付け整理するようになったのだ。そういえば、こんなこともあった。笑い話の1つとして忘れることができない。健太たちが遊びに来る前日、義夫が私に聞いた。

「明日、健太たちが来るんだよね？」

「また、午後じゃないの」

「母ちゃん、今日は会社を休んで、隅々まで四角いところは四角にしっかり掃除しろ。いつも四角いところを丸く掃除しているだろう」

「エッ？　そのために私が会社を休むの？」

「派遣社員だろう。1日休め」

「ウ～ン…」

そう言われて、しぶしぶ会社へ連絡した。

「本日、急用が出来ましたので休ませてください」

「あら、どうしたのですか？」

事務員に尋ねられたが答えられず、適当にごまかした。

というわけで、朝から誰ともおしゃべりしないで掃除掃除と、自分としては普段より遥かに掃除に専念したつもりだった。夜の11時くらいに義夫が帰ってきたようだ。そのとき私は布団の中にいた。そういえば当時は私も会社に勤めていたので寝る時間はバラバラで、義夫が何時くらいに帰ってきたのかも知らないことが多かった。何やらガタガタと音がしているのが聞こえたが、帰ってきて食事でもしているのだろうと思い、そのまま眠ってしまった。

翌日、2階から1階へ階段を降りると、ギッシリ詰まったゴミ袋が3つ、玄関に放り投げられていた。その中にはお風呂場の桶や椅子など、汚れているものは全てゴミにされていた。エッ、これも捨てるの？と思ったが、まぁ…何年も新しくしていないからいいかと思い、そのままにして食事の準備をしていると、いつもならお昼頃にしか起きてこないのに、早々と8時に起き出し顔を見るなり

「母さん、本当に会社休んでしっかり掃除したの？」

「エッ、どうして？　ワックスがけもしたのよ。まだ汚い？　玄関に放り投げてある袋、あれ、あなたが帰ってきてから掃除したの？　まさか夜中にはしないわよね〜？」

「どこを掃除したのかわからないから、やり直した」

義夫が捨てたものの代替えを買いに走ることになった。

日頃は義夫と私で４個の目玉だが、６個増えるということは、会社や他の場所でもこのように見方が変わるのは当たり前のことである。

数日後、会社に行くと、事務員が
「美里さん、いつも休むときには2〜3日前に連絡してくれるのに、今回はどうしたの？」

「実は以前に孫にこんなことを言われて、家で一緒に暮らしている息子が休んで掃除しろと言うので、必死に掃除していたのよ。会社で仕事しているほうが全然楽だわぁ。私としては一生懸命やったつもりだったのに、夜中に息子が帰ってきて掃除し直していたの」

近くで聞いていた人たちが大笑いしていたが、私は笑えなかった。すごく大変だったのに…。

息子が

「テレビの裏がホコリだらけ」

「いつ掃除をしたの？」

「ここが汚れている」。トイレに入れば

「お母さ～ん、チョッと来て見て。ここ洗うの忘れているよ」

「どこ？　昨日、しっかり掃除したのだけど」

「お母さんは今まで主婦をあまりしなかったからなぁ～。ここの汚れは常に注意して必ず確認すること。汚れていたらこうするの」

そんなことを言いながら、掃除の仕方を教えてくる。

そういえば、ネットで小学生たちが一生懸命にトイレの掃除をしている画像を見たことがある。海外の人たちが「日本の小学生は素晴らしい」と書いていたが、我が家では私が息子たちに教えなければいけないことを逆に彼らから教えられていたというわけだ。

現在、教育現場で「家でトイレ掃除なんてさせたことがないから、学校でもやらせないでほしい」と言う親がいるらしい。おかしな話である。子供が成人して、いつ一人暮らしをすることになるかわからないのだから、どんなことにも対応できるような人間に育て上げるのが親の役目なのではなかったのか。親は子供より先にこの世を去ることがほとんどであり、子供時代の経験は後の社会生活に大きく影響する。

息子たちが水道の蛇口をせっせと洗い始めた。彼らはあちらもこちらも、私が日頃全然気にしていないところにも目が行くようで、へぇ〜そんなところもホコリがついているのかぁと感心する。だから最近は、息子たちが来てくれるまで掃除をせずに待つことにした。天狗の高下駄でも履いて上から見れば目線が変わり、息子たちの言っている箇所の汚れが、わかるのかもしれないが私の視界の中では、とてもきれいに見えるのだけれど…。

子供の目線になって見てみると、例えば流し台のドアを開ければ包丁だらけだし、どこを見ても危ないものが並んでいるように見える。自分の身長や感性では見えない部分があって、きっとそこを見落としているのだ。

ふと、これは逆も同じだなぁと思った。

あるとき、車が走る道路への子供の飛び出しについて注意するような内容のテレビ番組が放送されていて何気に見ていたら、大人の目に見えている範囲と子供の見ている目の範囲に差があり、大人の見える範囲が180度とすると子供は120度くらいであると言っていた。子供の視界はとても狭く、車が右や左から出てきても目に入らないため、いつ子供が道路に飛び出してくるかわからない。だから、車を運転している人は注意が必要だと説明していた。

また、年配者がよく「今の若い人たちは…」と言ったりするが、見方や考え方が生まれ育った時代によって違うのだから当然だろう。昔からの伝統やしきたりの全てをそのまま引き継ぐことは不可能だが、日本人が持っている素晴らしいところは少しでも残しつつ、時代に則した新しいことも取り入れていきたいものだ。

ところで、現代では環境や文化、情報伝達の方法が大きく変わってきていることも大きな要因と思われるが、子供たちが家庭で両親の手伝いができるような、昔ながらの生活スタイルや暮らし方のルールも取り入れたほうがいいと思うのは私だけだろうか？

　小さい頃から保育園や幼稚園、小学校、中学校などに通い、人との付き合い方を自然と学んでいく中で、他人と協力したり、困っている人を助けたり、お年寄りを大切にしたり、時にはケンカをしたり、嫌な思いをしたりしたことなどが記憶の中に残っていて、社会人となったときに他人に対して配慮することのできる人になっていくのではないかと、最近感じるようになった。

　息子たち2人が家庭を持ち、現在は1人の生活である。家の中のものは、今までは4人で使用していたため整理してもすぐにめちゃくちゃになるので、そのままにしておいたが、今は時間がたっぷりあるので、フォーク、スプーンなどの食器類を整理して別々に保管し、誰が見てもサッと取り出せるようにした。すると
「母ちゃん、もうあの世に行くのかぁ…。随分整理したなぁ」

「エッ、何を？」

「こんなに整理整頓すると(@_@)するよ」

「実は、お母さんはきちんとしていたいほうなの。例えば一斉に草取りをするときがあるでしょう。そのとき、よくわかると思うけど、お母さんは草の根っこも取

り、青い部分が少しでも出ているととても不愉快になるけど、全ての人がお母さんと同じではないわよね。下から2～3㎝空けて適当に刈り取る人、小さいのはそのままにする人など、色々よ。方法について、その人はその人でしょ。それに、お母さんは、どうしてもその人にしてもらわなければならないことがあった場合は、業務内容によるけどぎりぎりまで待つの。1年くらいになるときもあるけど、猶予を与えるわぁ。でも、できない場合は意見を聞いて自分でやるようにしている。会社など、たくさんの人たち全員がお母さんと同じように整理整頓の仕方や、考えが同じであるかというと、そうでないでしょ。できない人もいるし、反対にお母さんよりもっともっときちんとしなければ納得しない人もいてバラバラだから、ある程度はズボラにしていたの。そのため、とても嫌われていたけどね。しかし上司はとても細かくするところを見ていたから、お母さんを推薦してくれたのだと思うよ（男女雇用機会均等法が出来たとき、会社の女性のトップとして管理職となった）。随分前に、あなたたちが結婚して家を買って数年してから、お母さんに聞いてきたよね。『この家は草が出てこないのかぁ。俺ん家はものすごい草で、今台所のドアが開かなくなっている。この家は不思議だ』と言っていたと思うけど、あの時はまだ東京へ勤めに行っていたときだから、朝早く起きて犬の散歩が終わると家の周りを1回りして、大きいものは取っていたから草があまりなかったのよ」

息子は、黙って聞いていた。

私としては一人ひとりの仕事の進め方やり方、整理の仕方などを何気に見てきた巾で、他の全ての人が自分と同じでないことはしっかり心得ているつもりである。また、整理整頓をしたくてもする時間がなかったことも、部屋が片付かない1つの大きな要因だったかもしれない。しかし、現在はとてもとても時間があるのに整理整頓をしたくない。そして押入れに何でも放り込み、開けないようにしている。開けると私でない自分が丸見えになるので、締めたまま開けないのが一番とニヤニヤしながら日々を過ごしている。

息子たちが開けたらなんと言うか、ハラハラ（？）しながら…。

挨拶と気遣い

毎日どこかで必ず言葉にするのは、挨拶である。

おはようございます。こんにちは。ありがとう。

社会人として基本中の基本である。

挨拶は場面ごとに適切な言葉遣いができるか否かによって、相手に与える印象が大きく変わってくるだろう。いくら仕事ができても礼儀を知らなければ、一人前の社会人とは呼べない。

インターネットを見ていたら、5歳くらいの子供が1人でおつかいに行く行動が海外で話題になっていた。よその国から見ると、日本は子供が1人で出かけられるくらい安全な国ということか。お金も子供も一緒に誘拐される国があるそうだ。

ネットで見たのは、こんな内容だった。

お母さんが子供におつかいを頼んでいる。子供に感謝するときの言葉や謝るときの言葉を教えるためだ。子供はお母さんに「ありがとうと言いなさい」と言われて、おつかいに行く。

子供はおつかいに行き、頼まれたものではなく自分の好きなものを買ってしまったのだが、気が付いて「ごめんなさい。これと換えてください」とお店の人に言って、交換してもらっていたと思う。交換してもらった後には、ちゃんと「ありがとうございます」とお礼を言っていた。確かでないが…。

この子のお母さんはおつかいができるかどうかということよりも、一番大切な「ありがとうございます」「ごめんなさい」という言葉は、こういうときに使うのだと教えていたのだろう。おつかいに1人で本当に行けるだろうかと不安な子供が勇気を出して行動することを見守り、親が子供のことを信用することができるかを観察する試みだったのではないかと、勝手に想像しながら見ていた。

私自身、子供（当時6歳前後）を1人でおつかいに出したことがあった。子供は親の手伝いがしたくて「何か買ってくるものなぁ〜い？」と言ってくるので、近くのお店におつかいを頼んだのだが、車に気を付けて行けるかしら？　無事に帰って来れるかしら？　と心配しながら我が子の後をつけて行ったものである。

また、私は他のお母さんの子供に対する大きな考え方の相違に直面した。

息子が小学4～5年生のときに千葉に来て、私は朝早くから夜遅くまで東京勤務していた。毎月ある商品を購入していて、月に1回、家に集金に来る人がいたのだが、集金に来られたときに私が家にいることはほとんどなかったので、後で代金を支払いに行ったり、再度集金に来てもらったりするなどして、一度で用が済まないことが多かったのである。いつも集金の方に迷惑をかけてしまっていたので申し訳ないと思って、息子に次のように話した。

「毎月、〇〇さんが集金に来るのだけれど、いつもお母さんがいないときが多いの。何度も来てもらうのは悪いから、あなた、この封筒を渡してくれない？」

「いいよ。おつりはないよね？」

「ないよ。大丈夫。〇〇さんが毎月10日前後に××のお金を集金に来るからね」

そうやって集金に来た人にお金を渡してもらっていたのだが、しばらくして集金の人が
「あの家は子供にお金を預けて、どんな育て方しているんだ」と言っているのが

耳に入ってきた。直接であれば子供に預けた理由を話せるが、他人を通してである。私としては、相手に迷惑をかけないようにするにはどうしたらいいのか考えた末にしたことであったが、まさか相手がそのように考えるとは夢にも思わなかった。同年代の子供を持つ親であっても考え方がこうも違うのかと思い知った出来事だが、この人は自分の子供を信用することができないのではないかと思えて、哀れに感じたのを覚えている。

親は挨拶するときの「おはよう」や「こんにちは」、お礼を言うときの「ありがとう」という言葉を幼少期から注意して日頃の生活の中で教えてきたことと思うが、最近はそういう言葉を使えない大人も増えている。以前、こんなことがあった。

友達から

「今日、畑仕事を手伝ってほしい」と連絡が来たので、私も普段作物を作っているから多少は役に立つのではないかと思ってすぐに

「OK」と返事をし、車で30分ほどのところにある彼女の畑に向かった。

車がやっと通れるような細い道を通り、道の下は耕地整理がされた田んぼが広々

と続いている。道の右側が彼女の畑で、上のほうには林があり大きな木々が立ち並んでいて景色は最高である。どこからか山椒の匂いがほのかに香る。友達の畑はきれいに耕され、整理されていた。友達と2人で「早く終わらせようね」と言って、気合を入れて畝切り、肥料撒き、そして種蒔きと、順番に汗を流しながら、下を向き腰をかがめて年寄り2人が取り組んでいると、若い女性2人が隣の畑に入ってきた。

友達が

「あら？　いつも会う人は男性だったのに…」と不思議そうに呟いた。

「こんにちは。今日は天気がいいので畑仕事も気持ちがいいですね」と若い女性たちに話しかけた。

「ここは今まで父がやっていたのだけど病気をしてしまい、この通りなの。機械で耕すことができるか先日試してみたら、草が大きくなりすぎて機械に絡まり動かないの」

1人の女性がそう言って、50㎝以上伸びた草を指さした。背の高い草が同じ高さで絨毯のように育っているため、2人で根っこから取り除き、今日中に耕耘機をかけてしまいたいようだ。明日からは会社があるらしく、「これ以上、草が大きくなるともっと大変になるから」と、手を動かしていた。彼女たちは

「大変だぁ。大変だぁ」と言っている。

友達とその若い人たちの作業をしばらく見ていたが、私たちのスピードとそんなに変わらないかもしれない。こちらには数年ではあるが畑仕事の経験がある。けれど彼女たちは経験があまりないように感じられた。友達が

「少し手伝おうか?」と提案してきた。

「そうだね。私たちもいつ助けてもらわなくてはいけないときがあるかわからないからね」と、自分たちの畑作業を途中にして彼女たちを手伝うことにした。

彼女たちの作業しているところは、友達の使用している土地の3倍くらいの面積がある。4人が必死になって根っこを引き抜こうとしてもしっかり根を張っているので、なかなか進まない。確か8時半くらいから作業を始めたのだが、10時くらいになり私たちは休憩をしようと少し涼しい場所に移動して、持参したお茶を飲み始めた。

ところが、彼女たちは休憩をしないという。外仕事や農作業であれば10時と3時には休憩するのが常識であり、疲れたまま休憩しないで作業をしていれば当然、能率が悪くなるし、事故も起きやすくなるだろう。一休みすることで体力が回復し、気分をリフレッシュさせることもできるのだ。それに手伝った私たちは70歳をとっくに過ぎている。私の実家にも山や畑や田んぼが一杯あり、学生時代から畑仕事を手伝ってきたが、必ずと言っていいほど10時と3時にはお茶とお菓子を準備したものである。それを常に見てきた者としては、彼女たちのやり方には無理があると感じた。

12時くらいにようやく作業が終了したのだが、彼女たちは「あぁー。やっと終わった」と言っただけである。私たちに「ありがとうございました」とか「お世話になりました」とか「助かりました」といった言葉は一言もなかった。手伝ったことを迷惑だと思っていたのかしら？

そういえば最近、「お陰様で助かりました」という言葉をあまり聞かなくなったように感じる。昔は誰かに手伝ってもらったら、どんな些細なことでも「皆さんのお陰で終わらせることができました。助けていただいて、ありがとうございました」とか「あなたたちのお陰で助かったわぁ」などと言っている大人たちを見てきたし、私自身も見習って同じように言ってきた。

現役時代に、数十名の男性の前で女性の制服スタイルで説明に立ち、上司から「男性は全員背広を着ている。あなたも服装に気を付けなさい」と注意されたことがある。そんな未熟な私が無事に定年退職することができたのは、たくさんの上司に支えていただいたお陰だと感謝している。

相手が大変そうにしていたら知らん顔なんてできない。そう思う私たちが馬鹿だったのか？ そうではない。感謝してほしくて手伝ったわけではないが、「ありがとうございます」の一言もなかったので、私たちの胸の中にモヤモヤと煙が噴き出した。

車で友達の家に行き、

「最近の若い人たちは、私たちが育ってきた時代とは違うのかもしれないけど、ありがとうがないのは寂しいね」と友達に愚痴った。こんな気分になるのなら、手伝わなければよかった。ありがとうという言葉を期待した私たちがおかしいのかもしれない。

ものの本によると「ありがとうございます」が感謝の意味で使われるようになったのは、室町時代の頃からであるらしい。「有り難く存じます」が「ありがとうございます」と変化したものだが、元々は過去の出来事を振り返って滅多にない（有ることが難しい）ことを表していたそうだ。次第に、「ありがとう」という言葉を伝えることで、相手の行動を受け入れたことを示し、親切な気持ちに感謝するときに使われるようになっていったのだとか。

彼女たちは私たちの行動を受け入れていなかったということなのかな？　ありがとうはとても短くて簡単な言葉だけれど、相手の思いを知り、自分の気持ちを伝えることのできる素敵な一言だと私は思っている。

私も母と田んぼや畑を手伝っていた頃は、何もわからなかった。誰かが田んぼで汗水流していたのに、知らない人だから素通りしたことがあり、母に叱られたのを覚えている。

「お前、どこの誰だかわからなくても汗水流して必死に仕事をしているのは、お母さんとお前が仕事をしているのと同じなんだから『こんにちは、ご苦労様です』と言うもんだ。そうすれば相手が『あら、こんにちは』と返してくる。たったそれだけのことなんだから、人に会ったときは必ず挨拶をするように」

そんなふうに母に言われて、育ててもらったのだ。

また、父やおじさんたちの話を聞いていて思ったことがある。

遠い昔のこと、父は大工の仕事をしていたため、色々なお宅に行き、しばらくの間、その家の方たちと接することが多かった。もともと大工の仕事は会社勤めのように9時から5時までというような働き方とは違うが、その頃は特に朝早くから夜暗くなるまで仕事をして帰ってくることが多かった。お昼休みは持参したお弁当を食べるのだが、外で仕事をしているのと同じなので、冬の雪が降った日などはお弁当が凍っていることもあったらしい。その頃、父はこんなことを話していた。

「その家の人が温かいお茶とおしんこを出してくれると、とてもありがたい。でも、自分たちは温かい部屋で温かいご飯を食べていて何も思わないのか、お茶も出してくれない家もある。そういう家はこれを直しておいてやれば使い勝手がいいだろうと思っても、してやる気が起きない。ほんのちょっとのことなんだが、やはりお茶を出してくれた家の人には何かしてあげたくなるし、要望があれば引き受けようと思うものだ」

まだ会社勤務時代の頃、上司から「近所から苦情が来て困っている」という話を聞いたことがあった。会社は静かな住宅街にあり、朝早くから夜中まで何十台もの車のエンジン音や話し声が周りに響き渡るのである。

私は「ご近所の方々に、騒音のお詫びや我慢していただいていることへのお礼のようなことをしていますか？　お祭りなどのときにはどのように気配りをされていますか？」と上司に尋ねてみた。すると、上司は「どういうこと？」と聞くので、こんな話をしたのだ。

「もし私の家がこの会社の隣にあったとしたら、会社の人たちは仕事なのだから騒音が出るのは当たり前だろうと考えていて、近隣の住民に対して『お世話になります』とか『こんにちは』という挨拶もしないでいるのだとしたら不愉快に感じるし、おかしいと思うでしょう。1年に1回でも『ありがとうございます。いつもご迷惑をおかけしていて、すみませんねぇ』などと一言話をすれば、先方の感じ方も違ってくると思います。それから、会社の増設や改築を行うようなときには業者が挨拶回りをするのが当たり前かもしれませんが、やはり上司の方が名刺を添えて簡単な挨拶をすることによって周りの人たちの気分をやわらげることができるのではないかと思いますよ」

話を聞いていた上司は、その後、地域のお祭りのときなどには、会社として心ばかりの気持ちを表すようになったのである。するといつの間にか、近所で何かあったときにすぐ情報を教えてもらえるようになっていったのだ。


このようなことを子供たちに対してちゃんと教えてきたかというと自信がない。何度も冷や汗をかいたことがある。例えば、こんなことがあった。

息子が大学からの帰り、私は仕事帰りに東京で待ち合わせをして2人で食事をして帰りの電車に乗ったときのことである。当時の特急には、右側2列、通路を挟んで左側2列になっている座席があり、全て前方を向いていたのだが、ボックス席になるよう向きを変えることができた。私は空席があったので通路側に座った。すると前の席の窓側に空席がある。息子はそこに座ろうと通路側の人を跨いで着席した。私は驚いた(@_@)。まさか黙って跨ぐとは夢にも思わなかったのだが、その場では注意できず降りてからこんこんと説教をした。

「あなたが通路側に座っていたとして、黙って自分を跨いで窓側に座る人がいたらどんな気持ちがする？　『申し訳ありません』と声をかければ、とても気分がいいものでしょ。お母さんはさっきのあなたを見てビックリ(@_@)した。少なくとも大学生であり一般常識は身に付けてきたと思っていたけど、黙って人を跨ぐとはどういうこと？　ちょっとした一言があれば、相手の方はとても気分がいいものよ。あなたが降りるためにまたその人を跨ぐときも「ハイ、どうぞ」と言ってくれるかもしれない。でも、黙って跨がれたら顔がゆがむのよ。これから気を付けてね」

こんなこともあった。最後の会社に入社して、まだ日が浅い頃の出来事である。その日は勤めていた会社の社屋でイベントが開催される予定だったので、私たちの部署は出向している人たちや本店のお偉方を招く準備に大忙しだった。ビール（まだ瓶の時代）とおつまみ、チョコレートなど、飲めない人たちのことも考えて200名ほどが楽しめるよう準備を始めた。別の場所から社屋を移転して間もなくのことと記憶している。

私の上司は6ヶ月ほど勉強のため本店に出向していたので、こちらに来てくれるよう電話で連絡していた。東京にある本店はお偉方が多く、ほとんどの人が定時で切り上げ、私たちのいる支店に向かっていたのである。本店から支店までは1時間弱かかる。本店の人たちは定時を過ぎてほとんどいなくなってしまい、事務所の中はガラガラになっていたようである。そこへ私宛に電話がかかってきた。

4階の屋上で準備をしている私のところに、電話を取った事務員が2階の事務所から階段（エレベーターはなかった）を駆け上がり、

「美里さ〜ん、電話ですよ」と呼びに来た。

会場にテーブルや椅子などをいくつかセットして、お茶やお菓子などを準備していたときだったので、大変な忙しさであった。他の部署の人たちも手伝ってくれて「アレはここへ」などと言いながら、テンヤワンヤしていたが、電話に出ないわけにはいかないので、急いで2階事務所に戻り電話に出た。

「ハイ、大変お待たせいたしました。美里です。日頃は大変お世話になり、ありがとうございます」

2階から4階の屋上まで事務員が呼びに来て、それから電話に出るには相当の時

間がかかったものと思い、お詫びをして対応した。すると受話器の向こう側は、本店のお偉方（斉藤さん）である。

「私をどうして誘ってくれないのですか？　皆行っているのに、僕には連絡もくれないで」

斉藤さんはプンプンに怒っている。彼にこう言った。

「呼ぶわけないでしょう。教えてもらいたいことがあって、こちらから直通の電話をかければ『ハイ、本店です』とか『斉藤です』と出るのが普通でしょう。私だけにかもしれませんが『なんか用？』はないんじゃないですか。こちらも忙しいのに悪いなぁと思い、間違っては皆さんに迷惑をかけると思って仕方なく電話をしているのに、その電話の取り方はないわぁ。電話口の対応がなっていない。常識の本を読んでみてください。そんな態度の人なんて、当然、イベントに呼びませんよ」

私が話しているのを聞いていた上司が、電話の相手が誰だかわかったのか「来るように言いなさい」と書いたメモを机の上に置いて、薄笑いをしながら通り過ぎた。

後で聞いた話だが、まだ本店内にいた私の上司が、ちょうど斉藤さんの近くに戻ってきたそうである。彼が誰と話をしているのかわからず、しばらく聞いていたようだが、いつも横柄で頭ごなしにものを言う彼が、一体誰にこんなに低姿勢で「ごめんなさい」と謝っているのだろう？と聞いていたそうだ。すると、どうやら美里さんのようだとわかってビックリしたと笑っていた。

「斉藤さんが電話の受話器を持って頭を下にしてペコペコとお辞儀をしているが、今までそんなところを一度も見たことがなかったので誰だろう？一体誰と話をしているのだろうと思ったら、美里さんだったんだぁ」

そう言って、上司はお腹を抱えてアハッハッと笑いながら話してくれたのだ。

この3人の中で一番偉いのは、受話器を持ってペコペコしていた人である。私は平社員。これ以上は下がらないと思って何でも言えたのかもしれない。

この出来事につられて、当時のことが思い出された。

挨拶が大切なのは電話でも同じことだ。「ハイ、お世話になっております」の一言で、相手の気持ちをやわらげることができる。「ハイ」という言葉について調べてみた。

①返事は必ず相手に伝わるようにハッキリと伝える。
②言われた人への思いやり。「拝」丁寧に敬礼する。
③相手の呼びかけに感謝して、受け取る。
④指示や命令などの承諾を確認するときに伝える。

たくさんの意味があるが、私としては大きく2つの意味があると思う。自分の名前を呼ばれたときと、誰かに何かを依頼されたときのことを考えてみよう。
○…自分の名前を呼ばれたときのこと。
自分の名前を呼ばれて「ハイ」と返事をするのは自己表示であり、聞いているほうも感じがいい。
＊病院やファミリーレストランなどで自分の名前を呼ばれても「ハイ」と返事をしない人がいる。あら、いないのかしらと思っていると黙って現れる。
＊私が20代で会社勤めをしていた頃のこと。
ある女性が退職していくときに社長が言った言葉を今も忘れることができない。

「私が出先から会社に電話をすると『ハイ、〇〇でございます』と鈴が鳴るような声ですばやく出てくれる。気持ちが落ち込んでいるときなどは、これが我が社だと誇らしく感じると同時に疲れが一気に吹き飛ぶ。きっと誰に対しても同じように電話に出てくれていたのだろうと思うが、その声が明日から聞けないのは残念でならない」

社長はそんなふうに、退職していく彼女に言葉を贈ったのであった。

この社長の一言を私は20代で聞くことができ、将来の財産になっていった。電話が鳴り受話器を取って「ハイ」と言うのは、会社を代表として返事をしていることと同じである。

＊入社して数ヶ月の新入社員とその上司との会話である。

上司が「〇〇さん、これ違っている」と新入社員に声をかけたが、その人は「どこがですかぁ〜」と自分の椅子に座ったまま下を向き、立とうとしない。面倒くさそうに、仕事をしているふりをして返事をしていた。私ならば「ハイ」と返事をして、ミスをしたことに大変な罪悪感を感じ、すぐに訂正すべき箇所を確認するため、上司の近くに飛んで行くと思うが、彼女は動かない。

他の数名の人たちもやはり私と同じ行動を取っていたが、彼女は上司に対して「ハイ」と返事ができない人だった。

○…仕事を依頼されたときに「ハイ」と返事をするのは、了解したことを意味する。

＊事務所の中などで話しやすい人には「これ、お願い」とか「この仕事やって」などと気軽に頼んでくる。受ける人が「ハイ」と答えれば、依頼した人は引き受けてくれたものと思う。本当に「ハイ」と答えたこと全てに責任が持てるか、考えて返事をしてほしい。依頼された内容が今すぐにやらなければならないことなのか、2~3日余裕のあることなのか、よく確認してその場で自分のスケジュールと照らし合わせ「ハイ」と答えるが望ましい。不可能な場合は、例えば「ハイ、今はできませんが、1週間くらいいただければ可能です」と相手に説明することも大切である。

常に学校で教えられてきたことなのに、大人になってもそれが言えない人が多いのに驚いている。

数年前、パソコンのアルバイトを若い人と2人で一緒に行ったときの出来事である。雇主から「本日は申し訳ないけれど、パソコンの仕事でなくコピーと封筒に住所を書く仕事があるので手伝ってもらえないですか？」と言われ、たくさんの原本と封筒とリストを渡された。そのリストには郵便番号、住所、名前、社名アドレス、取引開始年月日が記入されていた。「私は字がとても下手だからコピーをするね」と言って、コピーをしに行ったのだが、忘れものをして先ほどの机に戻ると、女性がリストを見てボールペンで封筒に書き込みを始めていた。よく見ると、その住所のところにメールアドレスを書いている。

「あら、あなた。そこの場所は住所を書くところだと思うけど」

「えぇ、だから書いているのです。友達もこのように書いているけど？」

「あぁ…。そうなの？　私は年寄りだから今はそう書くのかもしれないけど、今までは××市〇〇町と書いていたのよ。あの方に一度聞いてみて。間違うと大変だから」と返した。これって、正式にはアドレスではないと思う。秘書検定の本を読んでみてほしいわね。

昔、会社員として勤務していたときのこと。

歳は取りたくないが、いくら嫌だと言っても誰もが自動的に1日1日歳を取っていく。これは私だけではない。全ての人たちが年齢を重ねていく。誰も自分が若いときは自分が年寄りになることをあまり想像してみたりしないが、振り返るといつの間にか自分は会社では先輩になり、おばあちゃんになっていった。これが、この世に生まれて生きてきた、その人の人生というものであろうと最近知った。

若いときは一度聞けば、「あっ、そういうことね、その業務だけ特殊なんだ」と覚えられたが、定年退職して派遣社員に就いたとき、今までと同様の業務についてては内容を勉強すればそれほど違和感なく進めることができたが、歳を取ってくると同じようにはいかなくなる。自分が老いていっていることを嫌と言うほど味わった。

これって一度聞いたよなぁ…。また同じ質問をしたらなんと言うかなぁ。大体想像できるから聞くのは嫌だけど、間違っては会社に迷惑がかかるし、仕方がないから勇気を出して確認しよう。そんなことを思いながら、

「ごめんなさい。これって以前説明してもらったと思うのですが、もう一度教えてください」と大学を卒業して数年の男性に確認した。

すると男性は

「前に言ったではないですか。しっかり覚えておいてください。2回目です」と

言って、面倒くさそうに説明してくれた。彼がなんと言うか想像できたので、事前にどのように返そうかと考えていた。

「あら、ごめんなさいね。気を付けます。３回目でなかったですか？」と返したのだった。

この男性は、本人にはそんなつもりはないのかもしれないけれど、ものすごく人を侮辱している。この男性だけではない。私の子供たちも含め、自分が若いときには歳を取るとどうなるかが想像できないのだ。今は若くて優秀であっても、数十年すれば誰もが平等に老いていく。そして、その時代の若い人たちから年寄り呼ばわりされるのは時間の問題である。そうなったとき初めて、私が感じたようなことを思うようになるだろう。若いときには考えられない。その歳にならなくてはわからないことがあるのだ。

男性がもし
「以前に話したと思いますが、もう一度言いますね。何かにメモをしてください」

と言ってくれれば、

「ごめんなさいね。大切な時間を取らせてしまって」と謝ることができる。この

男性は私の孫と同じくらいの年齢である。このことを男性より2～3歳年上の先輩にあたる女性に話した。彼女は

「もしかして、私も同じことを言っているかもしれない」と不安がっていた。

「ウン。私も若いときは平気で言っていたから、それは仕方のないことかもしれない。でも、これからどんな人と接していくかわからないでしょ。まずは相手の言葉を受け止め、跳ね返すのでなく流すことがとても大切だと思う。そして、質問してきた人には『次回はこのようにお願いします』と言えば、とても感じがいいでしょ。でも、同じ人が4回も5回も聞いてきたらアウト。しっかり上司と相談することね」

「言葉を流すということはとても難しいわね。例えば？」

「例えば『あなた、バカね』と言われたら、なんて答える？」

「えっ、私バカだからなぁ…。でもそんなこと言われたら、自分で自覚していても頭に来る。どう答えるかなぁ」

「私も以前は『どうせバカですよ。バカで悪かったわね』と答えていたのよ。だけどセールスを経験して、これではダメだと気が付いたし、上司から注意もされて

きたの。だから、それからは『バカほど可愛いって言うから、私のこと可愛いでしょ』と言えるようになったのよ」

そんなふうにして、言葉について勉強し始めた頃の話を彼女にしてあげたのだった。

まだ現役時代、職場はほとんど男性ばかりで、年齢が離れている先輩や役職の高い人たちの中でうまく話をしてこれたのは、セールス時代に会話術を身に付けていたからだと思うと話した。男性の先輩たちに不快感を与えないように話をするにはどうしたらよいかと悩んでいた彼女は

「私もこれから大先輩たちの中に入っていくのよね。上司や年配の人たちには注意して会話をしよう～っと」と、嬉しい言葉をくれた。私のような老人の言葉を理解してくれる若い人がいてくれたことに大満足している自分がいた。

この歳になると、若い世代の人たちや年齢の高い人たちなど、色々な世代の人たちとの触れ合いがたくさんあるが、今の若い人たちの中には言葉の勉強が足りないのではないかと思う人が多くて、驚くことがよくある。

どんな人に対しても相手を尊重して会話をしたり行動したりできるような人は、

会話をしたときに人柄がわかるものだ。そういう人は初めて会っても優秀だと感じるけれど、いくら勉強ができても相手を侮辱するような話し方をする人は人間的に未熟である。人と会話をしていたら「なんだぁ…あの娘はぁ。親の顔が見たいね」とか「あの人はとても感じがいいね。素晴らしい」などと思うことがあるし、相手がどんな人なのか感じられることもある。けれど、日頃の会話からだけでは、その人が本当に優秀な人物であるかどうかまでは判断できない。

ものの言い方に問題がある人に対しては、その人との関係性もあるが、感じたままのことを普通は本人に言わないし、注意もしないだろう。会話をしている相手に不快感を与えているのに、誰からも指摘してもらえなければ、その人は大変な損をしていることになる。本人が自分のダメなところに気付くまでどれくらいかかるだろうか。一生気付かない人もいるかもしれない。

今はメールが多いので、相手の顔や目を見て表情を確認しながら会話をするという機会が不足していると感じる。人と会話をしながら相手の気持ちを感じ取って発言したり行動したりすることこそ、この世に生まれてきた私たちが学ぶべき本当の社会勉強なのだろう。

定年退職して第二の職場に就いて数年した頃、息子が両足を怪我して1ヶ月ほど自宅療養した後に会社復帰したときのことである。電車の中の優先席にまつわる話だ。

息子は松葉杖を2本使ってどうにか歩ける状態だった。私は息子が出かける同じ時間に電車に乗り、息子のカバンを持って東京駅から乗り換える地下鉄の駅まで送り、もう一度電車で自分の勤める最寄駅に戻って、そこから会社に勤めていた。優先席を見ると、20歳くらいに見える若い人がスマホをいじりながら座っていたが、松葉杖をついて日の前に立っている息子を見ても立とうともしない。

「義夫や。大丈夫なの。立っていられる?」と大きな声で、その人に聞こえるように話しかけた。すると息子が目で「黙れ」と合図をしてきた。私の声はスマホのお兄さんにも聞こえていたと思われるが、彼は全く無反応だった。

翌日、息子は優先席に座ることができた。すると隣に80代くらいと思われる女性が腰かけてきた。2駅ほどするとお腹の大きい女性が優先席の出入口の隅っこにお腹をかばうようにして立った。それを見ていた先ほどのお婆さんが

「あなた、ここに座りなさい。私は後××で降りるから」と言って、お腹の大きい女性を座らせた。女性は

「ありがとうございます。お気遣いいただいて、申し訳ありません」とお礼を言って腰かけた。

この2人の会話を聞いていて感激してしまったが、この車両に乗車していた人たちもこの会話を聞いていたものと思われる。スマホのお兄さんとのあまりの違いに、心が温まった。

いつ自分も息子と同じように怪我をして大変な目に遭うかわからないし、女性であればいつか結婚して大きなお腹になることがあるかもしれない。妊婦に席を譲ったお婆さんは遥か昔に同じような経験をしていて彼女の大変さがよくわかったのだろうなと、何気に見ていた。私も実際、子供がお腹にいるときは貧血を起こして倒れたことがある。自分が経験しなければ相手の気持ちを十分に理解することはできないものなのだ。

これは、最近散歩に行くようになってから時々出会う小さな気遣いについての話

である。

車のたくさん通る道を避け、農道を歩いて散歩をしていると、時々車が道幅一杯になってすれ違うことがある。人が立っているには道幅が狭いので、土手にしがみつくか道幅の広いところまで走らなければ危ない。そういうところなので、ほとんどの運転手はすれ違うときに頭を下げて「ありがとうございます」と言ってくれたり、手を上げて「すいません」と声をかけてくれる。

今まで何も考えないで「ハイハイ」と言ってきたが、全ての人が同じようにしてくれるかというと、そうではない。スピードも落とさず「ドケ、邪魔だよ」というような態度ですれ違う人もいる。そういう人たちに出会うと、その日1日がとても不愉快になり、「今度はどいてやらないからな」とか、「ここを通るなぁ」などと心の中で毒づいたりしている。


以前に、「ごめんなさい。申し訳ありません」と言えない50~60代と思われる方々に出会った。

あるとき、友達数名と海を眺めて楽しいひとときを過ごしたいと思って、コンビニにお弁当を買いに入った。数名の人たちがコーヒーやお昼の惣菜、封筒などをカゴに入れてレジに並んでいたので、私たちはその人たちの後ろで、お弁当を持って会計を待っていた。すると、ものすごい音がした。何事が起きたのかと全員が振り向くと、車がバックをしてコンビニの窓ガラスを壊したのである。

店内にいた人たちは皆、「どうしたの?」「何があったの?」などと口々に騒ぎ始めた。どうやら車の免許を取って間もない人が、その車を運転していたようである。少しして車の中から若い男性が降りてきて

「やっちゃった。車壊しちゃった。ヤバイ」と言っている。自分の車のことばかり気にしていて、来店客やお店の人たちに「ごめんなさい」とか「申し訳ありません」といった謝罪の言葉がないのである。

すると、レジに並んでいたトラック運転手らしき中年男性が近くに行き

「お前、どこ見て運転しているんだぁ」と大きな声で怒鳴った。お店のレジの女性もビックリしたのか目が(@_@)マークで、声が出ないようである。車で店に突っ込んできた彼は

「直せばいいんだろう」と言っていたが、ここはコンビニである。ということは

後ろには本部があり、大変なことになるだろうと推測しながら、彼の行動を黙って見ていた。

お店のガラスを壊してしまった彼はその店の近くに住んでいるのか、しばらくすると、彼の母親らしき人が現れた。50歳前後に見えたが、歳はわからない。彼女は「車をこんなにしてしまってどうするの？　ほんとに嫌になっちゃう」と彼に言い、お店の人には

「ここ、あとで直しますから」と言っていた。彼の母親もまた「ごめんなさい」「申し訳ありませんでした」という言葉を知らないようだ。礼儀作法を大人たちから教わらずに育ってきてしまったのかと思い、驚いた。普通は「息子の不注意でガラスを壊してしまい、ご迷惑をおかけして申し訳ありませんでした」と、まずは謝るべきだろう。車のことはその後だ。自分の車の心配だけして、他人に迷惑をかけたことや被害を与えたことを何とも思っていない。全く常識をわきまえない親子を目の前にして、愕然とした。

店内で買い物をしていた人たち数名は、この会話を聞いていたことと思う。店の奥から店長らしき人が出てきて、レジを再開させるように店員に指示していた。レ

ジ係の人は
「皆さん、申し訳ありませんでした。すぐに会計を行いますので」と頭を下げ、「近くに誰もいなくて辛いでした。皆さん驚かれたでしょうが無事で何よりでした」と言って、レジを打ち始めた。

彼の母親は、もしかして自分の親に礼儀作法を教えてもらえなかったのかもしれない。だとすれば、自分の子供たちに教えることなどできないし、言葉遣いがなっていないのも頷ける。可哀想な親子なのかもしれない。50歳前後になっても「申し訳ありません」という言葉が使えない人がいる社会になっていることに憂いを感じるのは、私だけであろうか？　「ごめんなさい」と言われれば、「いいのよ。あなた、大丈夫？」となるだろうが、その言葉がなければ、「なんだこいつ」と思って当然である。普通は「多大なご迷惑をおかけして、申し訳ありませんでした。私は〇〇と申します。このガラスはすぐに業者に頼んで直させますから」と、自分の名を名乗ってから謝ると思うが、親から教えられていなければ常識を知らないまま大人になってしまうのである。

親に礼儀作法を教わってこなかったから適当な言葉が出てこないのかもしれない

が、それにしても、迷惑をかけた人たちにお詫びする気持ちや他人のものを壊してしまった罪悪感はないのだろうか。友達が言った。

「この若い男はどんな育ち方をしているのだぁ…。こういう人たちが中年になって日本を背負っていく頃、日本はどんな国になっているんだろうね」

「この人たちが会社の上役になったら大変だねぇ…。でも全員がこんななら、他の人たちも同じように何にも考えないかもしれないね。一般常識のかけらも持っていないいんだから。全ての人たちがこんなんではないと思うけど。最近はこういう人たちのように、簡単な挨拶や礼儀作法を知らない人が多いのかもしれないね」

相手に謝罪の言葉がないのは、とても寂しく感じる。実際は悪かったと思っていたとしても、言葉に出さなければ相手には通じないのだ。


それは夫婦などでも同じだ。

旦那様がいくら心の中で奥様に感謝していても、言葉にして相手に伝えなければ奥様はいつもイライラしながら旦那様と顔を突き合わせることになるだろう。

「今日のご飯は美味しいね。いつもありがとう。毎日苦労かけるなぁ…。○曜日と○曜日はお弁当にするか、僕が作るよ」

旦那様からそんなふうに言ってもらえれば、奥様は最高の気分になる。こんな簡単なことを奥様に言ってあげられない旦那様は実に多い。

「食事を作って食べさせるのはお前の仕事だろう。俺はお金を稼いできているのだから」という態度でいれば、

「なんだ、この味は」となるし、そう言われた奥様は

「ふざけるんじゃない。ジャ、食べるな」と喧嘩になる。

実は女も男も単純なのだ。チョとの褒め言葉さえあれば、何でもしてあげたくなるものである。言葉1つで相手を労ったり、気持ち良くさせたり、不愉快にさせたりするのだから、もう少し気を付けなくてはならないと、私自身、この年齢になってようやく考えられるようになってきた。70歳過ぎてである。

結婚当初は、夫が会社から帰ってくると嬉しくて胸がドキドキしたものである。疲れているだろうなぁと思い、相手の言うがままに何でもしてあげた。それがママゴトのように楽しかったのだ。当時を振り返ると「お茶が飲みたいなぁ」と言われれば、「ハ〜イ。一緒に一休みしましょう」と言ってお茶を入れてあげた。年数

を重ねると「お～い。お茶」と言われると、「ポットはあっち。急須はそこ」と振り向きもしない。若いときは「歩く姿は百合の花」、いつの間にかガニ股になった。男も若いときはいい男。今は頭はツルツル、顔は皺だらけ。トイレは近く、あの世も近い。何をやっても2人の意見は一致しない。数十年とはこんなに変化をもたらすのであった。

自分の家の工事を行うときなどに、工事を請け負った業者が近隣の住民に挨拶に回るのが普通なのかもしれないが、普段からいつも顔を合わせる人たちなのだから、家主からも一言「いつかいつから工事を行うので、よろしくお願いします」と事前に挨拶しておくことも、ご近所の人たちへの1つの気遣いではないだろうか。契約は作業開始前に済んでいるのだから、家主さんは工事の日程について知っているはずである。作業開始前、できれば業者からの挨拶がある前に家主さんから工事があることを聞いていれば、多少騒音などを我慢しなければならなくても、お互いに気持ちよく工事が進められるだろう。

業者の人から

「申し訳ありません。少しこの場所にお邪魔することになるかもしれません」と言われれば、

「ハイハイ、了解していますので構いませんよ。どうぞ」と言えるが、家主からの事前説明がなければ

「入らないで」となる。簡単に一声かけておくだけで物事はスムーズに進むし、その後の対応の仕方も変わっていくのだ。

若者も含め定年退職した人たちでも「向こう三軒両隣」という言葉をどれくらいの人が知っているだろうか。辞書を引くと「自分の家の向かい三軒の家と右左二軒を指しており、日常親しく交際する近隣の称」と出てくる。この言葉は私のお祖父ちゃんやお祖母ちゃんたちが話していた言葉であり、故郷では、隣がとても遠いのにお餅つきや何かを行うときはわざわざ挨拶に行く。結婚で新しいお嫁さんが来ると、お饅頭などを持ってお嫁さんを連れてその家の家族と一緒に挨拶回りとなる。お正月などはつきたてのお餅を配り歩いたものである。

これが都会となると、隣接する家に対しても最近は業者任せが当たり前で、隣近所が親しい人たちであっても家主からは「よろしく」の一言もない。古くは「隣保

制度」というものがあったが、昔の良いところが受け継がれずにどんどんなくなっていくことに違和感を感じている。

私自身、近隣の人たちに対して細心の心がけをしているかというと果たしてわからないが、少なくとも注意はしているつもりである。とてもとても小さな気遣いである。

例えば、ある人が広い公園を1人で大変そうに掃除をしていたことがあったので、こんなふうに声をかけた。

「1人で大変でしょ？　私も手伝いましょうか？」

返事の仕方によってはカチンと来る。

①「結構です」…あぁ、言うんじゃなかった

②「まだ、大丈夫です」…納得。1人でできるということね

③「ハイ、ありがとうございます。これくらいは1人で何とかなります」…あぁ、それもそうだわね。納得

④「ありがとうございます。今回は1人でも大丈夫ですが、次のときにお願いいたす

るかもしれません」　…ハイハイ、了解です

⑤「できなかったら誰かに頼みますから、いいです」
…えっ、私ではダメというわけ？　言うんじゃなかった

答えは全て同じ意味で、手助けは不要だと言っているのだが、相手にすれば全然違う受け取り方をするのだ。

若いときにはほとんどバスに乗ることがなかったが、最近は時々利用している。乗客の中には「ありがとうございます」とお礼を言って降りていく人も、黙っている人もいる。それぞれ考えは別々であると思うが、この一言が相手にはとても嬉しいものである。「ありがとうございます」という言葉を添えるだけで、言ったほうも言われたほうも、お互いに気持ちが和らいだりするものだ。これが昔からの日本人としての言葉の使い方であり、相手を思っての気遣いであり、これからも受け継がれていくべき良いところなのではないだろうか。

最近、夢で見た出来事である。

その夢が何を意味していたのか不明であるが、どうも私がまだ現役時代であり、誰かが異動で当部署に着任しているようである。私はまだ50歳くらい。同じ会社の男性と2人、車で移動をして喫茶店に入り、お茶を飲みながら話をすることになった。

喫茶店の中には20人くらいのお客がいて、私たちがテーブルに着くとほとんど空きがない状態である。店内を眺めてみると、セールスさんと思われる人、お婆ちゃん、暇つぶしに本を読んでいる人、女性同士で話し合っているなど、たくさんの人がいた。テーブルは椅子の幅と同じくらいの大きさで、向かい合わせで2人しか座れない。テーブルとテーブルの間も人が横歩きしなければ通れないほど狭いレイアウトになっている。私たちはその小さなテーブルに着き、コーヒーを頼んだ。

一緒に来た男性はパンフレットを数冊テーブルの上に置いた。カラフルな三つ折りのものなど、色々とあった。私はそれらのパンフレットをいつも見ていたので、内容を知っている。男性が質問してきた。

「これはどこにありましたか?」

「あぁ…、これは玄関の右側にたくさん置いてありますよ」

しばらくの間、色々な質問に答えていた。

そして、私は1つのパンフレットを手に取り、それを立てて開こうとした。ちょうど食堂のメニュー表と同じような感じだ。すると、隣のテーブルにいたセールスマンらしき30歳前後の男性がスクッと立ち上がり、私が開こうとしていたパンフレットを上からつかむと、「これください」と言って取り上げてしまった。

その人の向かいには彼より少し年上に見える男性が座っている。ここはオフィス街の喫茶店のようで、店にいるのは知らない人ばかり。もちろん彼らが誰だかもわからない。

私は相手を押し倒さんばかりの勢いで立ち上がり、

「あなた、何するのっ！　人のものを取り上げて」と大声で怒鳴り、ものすごい剣幕で捲し立てた。

「これが欲しかったら名刺を出して、『こういう者ですが、私にも見せていただけませんか』と言うのが普通でしょ。今の態度はどういうこと。一体誰なの？」

周りの人たちは何が起こったのかと、数十名の目が一斉にこちらを向いた。取り上げた人はその場にいられなくなって、どこかに行ってしまった。彼の向かいに座っていた人はバツが悪そうに下を向き、足を組んで腕組みをしている。私と一緒にいた男性も、私が突然大声を出して怒るとは思っていなかったのか、黙っていた。私は男性の向かいにいた隣の席の人に言った。

「あなたは今の人に一体どんな教育をしているのですか？　あなたは彼の上司や先輩ではないかもしれないけれど、さっきの彼の行動は普通ではないです。あなたも見ていたでしょう。どこの誰かも知らない人にすることですか？　あの態度はなっていない。あのパンフレットは我が社のものですからね。申し訳ありませんが、あなたの名刺をいただけませんか？　何かあったときに責任を取っていただきますからね。どういうことになるか考えてみてください」

そこで目が覚めた。

夢の中でパンフレットをスッと持ち上げられたときの感覚は、未だに忘れられない。なんの意味があってこんな夢を見たのかわからないが、隣の席に座っていてパンフレットをいきなり取り上げた男性の顔は、今でも忘れていない。スーツスタイルでまだ若い男性だった。

目が覚めてから、その夢に出てきた人たちについて考えてみた。

当職場に異動してきたばかりの男性は、まだ勝手がわからないので色々と私に質問していたのだろう。噂を聞いていたのか、私がどんな性格かをよく心得ているようだった。

また、パンフレットを取り上げた見知らぬ若い男性は、年老いた私がまさか怒鳴るとは思ってもいなかったのだと思う。だから隠れてしまったのだ。もし彼が「申し訳ありません。私はこういう者ですが、そのパンフレットをちょっと見せていただけませんか？」と言っていれば、「ハイ、どうぞ」と言ってパンフレットぐらい見せてあげるのに。これは、とても簡単な礼儀と挨拶の仕方、言葉遣いの例である。若い男性は、言葉遣いや礼儀がなってない人の見本を示していたのだ。

その若い男性の向かいにいた人は、上司なのか得意先なのか、果たしてその人とどんな関係の人かはわからないが、もし上司であれば取り上げた人の将来は見えている。得意先であれば取引中止となるだろう。自分のしたことは、いずれ自分の将来に返ってくるものである。これは夢の中での出来事であったが、実際に遭遇してもおかしくないような夢であった。

親や先生から教えられてきた何でもない気遣いや心配りが、忘れ去られようとしていると感じる。

しかし、サッカーの試合後に日本のサポーターが掃除をしていたことが話題になったことがあり、世界の人たちを驚かせていたが、自分たちが使用した場所をきれいにして返そうと思うのはとても自然なことであり、それは他人に対する小さな心配りと気遣いである。自然災害に遭って大変な思いをしている人たちが支援物資などを受け取るときに、ケンカもせずきちんと順番を守って並んでいる様子がテレビに映されていた。そういう人たちの姿からは、自分のことだけでなく周りの人たちのことも思いやる気持ちが感じられる。例えば、小さな子供が1つのパンを半分にして兄弟や友達に分けたりすることは、私たちの世代が育ってきた家庭の中では当たり前と考えられていたのだ。私が子供の頃は、お饅頭1つでも遊んでいる友達と分け合ったものである。

最近になり、他人に対する思いやりが薄れてきていると感じる。

お店のレジや病院の診察などで順番待ちの人が続いている場合は、なるべく早く次の人に順番が回るようにしてあげるものである。そういうことができない人たち、そういう気持ちがない人たちに遭遇すると悲しいし、腹が立ってイライラする。

誰かと買い物に出かけたときも同じだ。自分1人で買い物をするときはじっくり時間をかけて見て回ればいいが、誰かと一緒の場合は相手が待っているということを忘れず、時間がかからないように気にかけながら買い物をするのが望ましい。他人を思いやる気持ちがあれば、そういう行動ができるはずだ。

時代が違うと言われればそうかもしれないが、日本という国に住んでいる以上は昔から受け継がれてきた人に対する気遣いや礼儀を忘れず、「ありがとうございます」「お世話になりました」「申し訳ありません」「よろしくお願いします」「ご迷惑をおかけします」といった言葉を、その時々の状況に合わせて相手に伝えてほしいと思うのは私だけだろうか?

買い物の帰りが遅くなり、小学生の下校時間にぶつかったことがある。横断歩道を渡る子供たちが手を上げて渡っている。最後の子が、止まって待っていた私の車に頭を下げ、「ありがとうございます」とお辞儀をしてくれた。とても気持ちのい

いものである。気が付くと私も車の中で子供たちに頭を下げていた。きっとこの子たちは、日本人としての礼儀やマナーを親や先生から教えられて育ってきたのだろう。「ありがとうございます」や「申し訳ありません」が言えない大人たちは、この子供たちの行動を見て、どう思うだろうか。

日頃は、子供たちの下校時間を避けて買い物をしていたが、たまには悪くないかと思いながら家路についた。

これは、幼稚園の子供たちがお雛様の飾られた前で「お雛様とお話ししましょう」というテレビ番組の話である。お雛様とお内裏様にマイクが付いていて話ができるようになっていた。女の子と男の子がお雛様の前にいる。

子供たち「パパのへそくりが見つかって、ママがカンカンに怒ってパパをぶっていたの」
お内裏様「ぶたれたの？　お父さん」
お雛様　「なんだか、お内裏様を叩きたくなっちゃった」
子供たち「じゃ、やってあげようか？」
子供たちは、ひな壇に飾られているお内裏様のホッペを手でパンパンと叩く。
お内裏様「痛い。痛い。痛い。やめて。やりすぎ」
子供たち「ごめんなさいと言ったら許してあげる」
お内裏様「嫌じゃ」
子供たちはまた、お内裏様を勢いよく叩く。
お内裏様「痛い。痛い。ごめんなさい」
お雛様　「謝罪が足りない」
子供たち「ウン、わかった」
子供たちはどのようにしたらしっかりお内裏様が「ごめんなさい」と言えるか考えた。お内裏様とお雛様は正面を向いて飾られていたが、お内裏様をお雛様のほうへ向け、お雛様もお内裏様のほうへ向け、お互いが顔を見られるように向かい合わせにした。

お内裏様「どうも、すみませんでした」
お雛様　「いいえ、私こそごめんなさい」
子供たち「今度から、やらないようにね」

そう言って、子供たちは楽しそうに飛び跳ねていた。

謝るときは相手の顔を見て「ごめんなさい」や「すみません」と言うんだよと教えたかったのかなぁと思いながらテレビを見ていたが、あまりにも子供たちが可愛かったのでここで紹介してしまいました。

日常の挨拶の言葉は、毎日の生活の中で親がしっかり声を出して実践していれば、子供は親を見習って自然と使えるようになっていくものである。

近頃、しばしば話題になっているが、日本人が持っている周りの人たちへの気配りや礼儀作法について、海外の人たちが称賛しているようだ。そういえば、アメリカのトランプ大統領が日本を訪問した際、メラニア夫人と昭恵夫人の前で、５歳くらいの女の子が日本舞踊を披露していた。最初と最後にお座りをして頭を下げてお辞儀をしているが、日本舞踊は作法と礼儀については厳しく教えられていることと思う。このような場面を見て、これが古き良き日本の礼儀作法と着物姿であると、海外の人たちには映っているだろう。

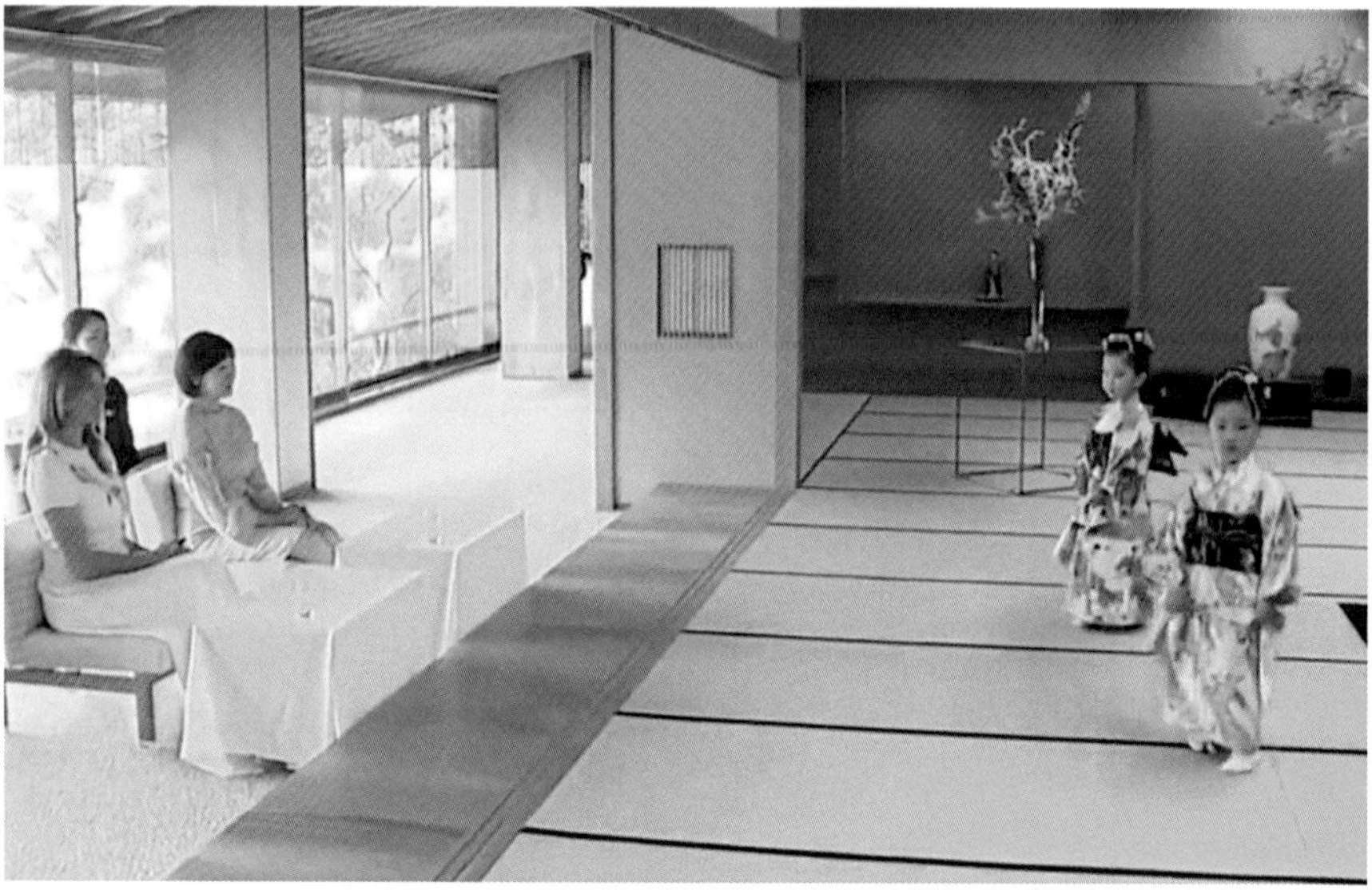

AFP

四苦八苦とマナー

50数年、自分なりに一生懸命家族を守り、礼儀作法、言葉遣い、日本人としての行動を子供たちに教え、叱りながら四苦八苦の努力を重ねてきたつもりである。けれど、本当に四苦八苦したのだろうかと、ふと考え込むことも多い。私は勉強が大嫌いだから、四苦八苦の意味がわからない。そこで調べてみた。

四苦…生老病死（しょうろうびょうし）
　　　生きる苦しみ、老いる苦しみ、病気の苦しみ、死ぬ苦しみ
八苦…愛別離苦（あいべつりく）愛している人と生き別れる苦しみ
　　　怨憎会苦（おんぞうえく）うらみ憎んでいる人と会う苦しみ
　　　求不得苦（ぐふとくく）欲しいものが手に入らない苦しみ
　　　五陰盛苦（ごおんじょうく）体や心を作る五つの要素から生じる苦しみ

四苦八苦とは死ぬほど苦しいときに使う言葉であり、少しくらい苦しくても意味が違っていたのである。

私の感覚の中では、自分がどんなに苦しくても一生懸命にどのように生きるか、また自分が犠牲になっても家族に対して普通に食事をさせ、普通に勉強させ、一般社会人として恥ずかしくないように子供たちを送り出すことだと思っていた。自分の周りにいる人たちが笑顔になれるよう努力することが自分の生きる使命だと私なりに、生懸命に頑張ってきたつもりだったが、全然意味が違っていた。生きるために最大限に頑張ることかと思っていたからビックリである。お金がないから四苦八苦したという使い方は、完全に間違っている。私は他の人たちより遥かに苦労をしてきたと思っていたが、それを言うなら「四苦八苦」ではなく、「悪戦苦闘」であり「死にものぐるい」である。とても困難の状況の中で苦しみながらどのように努力することが望ましいのか、また楽しく生きられるのかと悩みながら懸命に生きてきたということである。

これからはわからないが、今は愛している人と別れることはないし、嫌いな人たちとは付き合わずに避けて通ればいい。欲しいものが手に入らないということもない。１００円ショップに行けば、欲しいものが大体買える。靴下が欲しい、帽子が欲しい、お汁粉が食べたい（１人分でちょうどいい）、お茶椀が欲しいと思えば、１００円ショップに飛んで行く。品質など気にしない。必要なものは何でもある。誰にも振り回されることなく自由に過ごせる幸せ。けれどそうすることができるのは、今、自分の体が健康だからだ。

八苦は私にとって何だったのだろう。

今、振り返ると四苦だけである。ということは、あまり努力をしなかったということになるのか。イヤイヤ結婚してからの約50年を振り返れば、自分なりには力一杯頑張ったと褒めてやりたい。誰も褒めてくれないので自分で慰めている。ちょっぴり寂しい私がここにいる。しかし、四苦だけで終わろうとしていることに感謝し、残りの人生を楽しみながら自由に生きていきたいと思っている。

今日も元気良くいこうと思いながら、洗面台に立って鏡を見ると、どこのお婆さん？という感じ。頭は白髪だらけ、顔は皺だらけ。背骨をピンと伸ばして姿勢を正してみたが、どこから見ても婆さんだ。もうこんなになってしまったのだと下を向き、顔を上げないように家の中を歩き回り、今月はハテ何月？（毎日が日曜日のため、月日が不明）と、携帯で日にちを確認すると2月じゃないですか。

なんだ、そうか今月は収入がある月だ。では、美容院でパーマをかけてヘアカラーをしてもらおう。普段は毛染め液を購入して自分で染めているのだが、寒い時期に毛染めをして風邪を引いたりしたら病院代のほうが高くなるのではないかと思い、気合を入れて出かけて行った。

お店の人が「1月、2月はいつも暇なんですよ」と言う。私も会社勤めをしていたときは、「ニッパチ」と言って2月、8月が暇だったのを知っている。けれど、こちらの美容院はいつも数名の人がいて、席が空いてないほどである。

「私が来たから、きっとこれからお客さんが来ますよ」

「それならいいのですが…」

そんな会話をしながら、パーマ、ヘアカラーと進み、髪が少しずつ変化していく。

その頃、私は滅多に週刊誌などを購入していなかったので、ここぞとばかりに店に置かれていた雑誌を夢中になって読み続け、気が付くとシャンプーまで終わっていた。

美容師さんに

「ハイ、終わりました。いかがですか？」と言われたので、顔を正面に向けて鏡で自分を見てみた。すると、朝洗面台で見た自分でないもう1人の私がいる。驚いて

「誰これ、私なの？」と言うと、後ろで美容師さんがニコニコ笑っている。

「気に入りましたか？　あなたですよ」

もっと早く来ていればなぁ。お婆さんでも、まだマシな人だったのに…。そういえば最近、お化粧をしたことがない。これではもう、女性をすっかり捨ててしまったようなものだ。このお店の方たちは、相手をとても気分良くさせてくれる。私もこの歳になり、この方たちのように他の人たちに幸せを感じてもらえるような言葉をかけてあげたりしたいと思うが、とても真似できないのが現状である。

最近、私は子供時代を振り返り、反省しなければならないことがたくさんあると気が付いた。その頃は正しいと思っていたことが、相手には大変な迷惑であったたか

もしれないと考えたからだ。しかし、近頃の家庭を見ていると、私がしてきたことと似たようなことがあり、ハラハラしたりする。

ある家にお邪魔したときのこと、チャイムを鳴らして「どうぞ」と言われ、玄関に入ったが靴はバラバラ、新聞はチラカリ山積、上着はその辺に、中では子供たちが大喧嘩の最中だった。

「これは私の。触らないで」

「オマエばっかり使っていて、貸せよ」

「キャ。痛い」

女の子は髪の毛を引っ張られて、ギャギャと泣き叫んでいる。

そんな状況の中、家の方とお話をしていたのだが、子供たちが騒ぎ続けているので相手の声が聞えないくらいだった。親なら子供を注意して黙らせるか、別の場所に移動させるか、何かしら対処するのが普通だと思うが、その人は何もしなかったのだ。振り返ると自分もそうであったかもしれない。

これでは、この子供たちが社会人になったとき、周囲に対する気配りができない人になる可能性がある。昔は、お客様の前で騒いでいたら、親は子供を叱ったものであるが…。私が子供の頃には、両親の仕事上の関係でたくさんの人たちが家に出入りしていたが、お客様が来ると別の部屋に移って大人の会話を邪魔しないように一人で静かに遊んでいたものだ。時と場合によっては我慢しなければならないということを、親は子供に教える必要があると思うのだが…。

通勤時代の出来事である。

車内は満員だったが、身動きができないほどの状態ではなかった。そこへ、幼稚園児を連れた親子３人が乗車してきた。しばらくすると子供が「座りたい。座りたい」と駄々をこね始めた。お父さんは少し大きめのバッグを肩からかけている。お母さんはハンドバッグのみ。子供のことなど全く気にすることなく、２人ともスマホをいじっている。もし、このお父さんがサラリーマンなら、子供と３人で一緒に過ごすとても大切なひとときであると思うのだが…。せっかく親子３人で行動しているのに、その貴重な時間を子供のために使っていないように思われて残念な気持ちになった。小さい子供は親にかまってもらいたい、甘えたいと思うのが自然である。私も子供が小さい頃は会社に勤めていて、一緒に過ごせる時間に制限があったので可哀想なことをしたと反省しているが、それでも子供のために時間を作ろうと工夫していた。

こんなとき、もし私であれば、子供に「窓側に行って外を見てみようか」と少し移動させて外を見せ、子供の気持ちを別の方向へと誘導するか、「もう少しで降りるから、我慢しようね」などと言ってなだめたりするだろう。あるいは、お父さんのバッグをお母さんが持ってあげれば、お父さんが子供を抱っこして吊り革などに触らせてみることもできる。そうすれば子供も喜ぶし、周りの人たちにも迷惑がかからないかもしれない。子供をホッタラカシにして何もしないなんて、親として、大人としてどうだろう。

そのうち、子供の前の席に座っていた女性が「ずっと『座りたい。座りたい』と言っているのを聞いているのは嫌だわ。ここにその子を座らせなさい」と言って、怒り心頭でプンプンしながら別の車両に移動していった。逆に彼女が子供の親であったならどうしただろうか。座っていた女性にしても、子供の両親にしても昔の常識では考えられない態度である。

こんなふうに、日本人としてのマナーが出来ていない場面に遭遇することが、最近、特に多くなったような気がする。

親しい中にも礼儀あり。

２０１９年の8月頃、韓国と日本は、どちらが北朝鮮のミサイル事情を早く情報提供したかと競争していた。情報を知るのは早いに越したことはないが、近頃は個人情報まで本人の許可なく勝手に流す人がいる。迷惑な話である。

とても仲のいい友達だったり親しい人たちであっても、黙って他人のものを取ったり使ったりしないのが日本人の基本である。例えば、授業時間などに鉛筆を少しの間、借りるときも「貸してね」と言って、相手に了解を取る。使い終われば「ありがとう」と言うのが常識である。親しいからといって、黙って使ったり取ったりはしない。ある国の人によると、親しい相手のものだったら勝手に使っても問題ないと思っているそうだが、日本では通用しない。「貸してね」「ありがとう」の言葉がなければ、その後の対応とその人に対する見方が変わる。

現在の一軒家は大体区画がされていて敷地内ははっきり決まっているので、門柱が立てられている家が多い。その門柱にはインターホンが付けられているので、訪問した人は敷地に入る前にインターホンで自分が誰なのかを相手に知らせて敷地に入る。時々、いきなり敷地に入ってきて玄関のドアを外から「ガチャガチャ」と自分で開けようとしたり、鍵をかけていなければ玄関の中まで入ってくるような人もいる。最近は泥棒とか犯罪が多いので心配だし、そういうことをされるととても不愉快である。なぜインターホンが付けられているかわからないのだろうか。

散歩に行く途中、ピンクのショルダーバッグが神社の前の道に落ちていた。あら、誰が落としたのかしらと思ったが、後で取りに来るだろうと考え、そのまま素通りした。数日が過ぎてもそのままである。1週間くらいしたら、今度はビニール袋に包まれ道の横に置かれていた。誰だか知らないけど雨が降ると濡れるだろうと思って、親切に袋に入れたんだと思い、通り過ぎた。結局、そのままの状態がしばらく続き、約1ヶ月後に、バッグはなくなっていたが、その間に持ち去ろうとしたり、開けてみようと思ったりする人がいなかったことに驚いた。

私も散歩の途中で小銭入れ（中には1000円くらい）を落としたことがある。なくしたことに気が付いて引き返してみると、目に付くような高さの木の枝に吊るされていた。これはきっと日本人だから、こうしてくれたのだろうと感激したものである。お金もそのままであった。

あるゴミ置き場の前で、１人の中年男性がしゃがみ込んで汗を拭き拭き作業していた。彼は、捨てられていた雑誌の束を解いて、プラスチックと雑誌を分けているところだった。その男性に声をかけた。

「こんにちは。あら、大変ですね～。出した方に戻したらどうですか」

「これは、この近くの人が出したのではないのです。見てください。日本語の勉強をしている人です。だから、ここを通る人で、日本人ではないのです」

「そうですね。少なくとも日本人であればプラスチックと雑誌は分けて出しますよね」

「仕方ありません。今週は私が当番なので、諦めてやります」

そう言って、男性は手を動かしていた。

確かに、ここは大通りに面しているので、誰が置いていってもわからない。男性の言う通りである。こういうことは、何もこの日だけとは限らないらしい。

これが、日本人と他国の人との違いかもしれない。
テレビなどを見ていると、日本を訪れる外国人は年々増え続け、日本の企業も外国人を採用することが多くなってきていると耳にしたことがあるが、先ほどのゴミの出し方もそうだが、とてもとても小さな日本のルールが他国の人たちには理解できない場合がある。海外からたくさんの人たちが日本に来てくれるのは嬉しいことではあるが、彼らと付き合いのある人たちは、日本の規律と礼儀をしっかり守れるように教えてあげてほしいと思う。
外国人に限ったことではないが、仕事中に業務以外のおしゃべりをしている人を時々見ることがある。パートであれ社員であれ、自分がすることに対して給与が支払われているのだから、勤務時間に仕事と関係ない話を続けていたら、いずれ職場で必要とされなくなるだろう。散歩をしていると時々
「今日は△△に行ってきたんだよ。だがなぁ職員さんがおしゃべりをしていて、私に気が付いてくれないんだ。お金を貰っているだろうに」と、ブツブツ文句を言っている人がいる。どんな職場でも同じだ。自分の与えられた仕事に責任を持って、お客様はもちろん外部の人たちに不快感を与えないようにすることが基本であ

り、日本人としてのマナーであると考える。

道にはゴミがない。どこの道を歩いても紙くずやプラスチックが落ちていない。私もペットボトルのお茶を持ち歩いているが、空になった容器は自宅まで持ち帰っている。きっと他の人たちもそうしているから道にゴミがないのだろうと思う。そういえば電車の中にもゴミがない。新幹線に乗っても自分たちが使用したお弁当の空容器は指定の場所に捨てに行く。通勤で電車を利用していたが、乗車するときは皆、2列に並んで待っていた。降りる人たちが優先であり、その後に乗っていく。ぶつかると誰もが「ごめんなさい」と言っていた。規律と礼儀が行き届いていたからだろう。電車が時刻表通りに来るのは当たり前で、電車だけでなく全ての仕事に対して時間が守られていた。

現役時代には、打ち合わせまでに時間がないときは、パンをかじりながらタクシーに乗ったこともあった。当時は今よりももっと時間厳守であったと感じるし、他の人たちに迷惑がかからないようにすることが、業務を行う上で最も大切なことだと思っていた。約束の時間を守るために苦労した経験は、誰にでもあるのではないだろうか。

皆が利用する場所をきれいに保ち、他人を思いやること、そして時間を守ることが日本人のマナーであると思う。

調べてみると、日本も以前はかなりマナーが悪いと言われていたらしい。

マナーが向上したきっかけは、１９６４年の東京オリンピックだったのだとか。東京では、外国からのお客さんに見られても恥ずかしくないようにと一大キャンペーンを行ったそうだ。東京都内の各家庭に配布されたパンフレットには、ゴミはゴミ箱に捨てることと書かれていたという。それまではそういう習慣がなかったようだが、パンフレットが配布されるとゴミはゴミ箱へ捨てる習慣がついたという。他には、痰を吐いたり、立ち小便をしたりしないように呼びかける注意事項も列記されていたようである。

当時は大気汚染が深刻で、喉に絡んだ痰を吐く人が多く、電車の各駅ホームには痰壺が設置されていた。ここに痰を吐きなさいということであったらしい。電車がホームに着くと我先にと乗り込もうとして大混乱が起き、長距離列車には窓から乗り込む人も多かった。暖冷房などもないので夏は窓を全開にしていたのだ。東京オリンピックが終わっても列車のトイレは垂れ流しで、国鉄沿線の家では洗濯物に黄色い斑点が付き「黄害問題」と呼ばれていた。実際、私も列車のトイレに入って下を見たらレールと砂利が見えたのを記憶している。１９８０年前後まで各地の列車のトイレは垂れ流しであったが、徐々にタンク式に移行していき「黄害問題」は消えていった。

１９７０年頃までの日本人のマナーは最低であり、パリの高級ホテルのロビーをステテコ姿で歩いたり、ブランドショップで爆買いしたりしてひんしゅくを買っていたようである。海外で恥ずかしいことをして評判が悪いというニュースを日本国内で見聞きするようになって、マナーへの意識が高まったのだ。

道を歩いていると皆、家の周りまで掃除をしているし、年に数回は同じ町内の人たちが自分たちの住む地域の清掃を一斉に行っている。誰も文句を言わないし、当たり前のこととして行われているように思う。

学校に入るときには、靴を下駄箱に入れ、上履きに履き替えるのが普通であり、なんの違和感もなく過ごしてきた。分校に通っていた小学1年生から2年生の頃は、いわゆるポットン便所だったが、交替で掃除をしていた。教室や体育館などは、何人もが雑巾を持って横に並び、「よ〜いドン」の掛け声とともに一斉に走って雑巾がけをしていた。小学3年生からは、私だけでなく全員が電車に乗って学校に通っていた。小学校のときから自分たちで行動し、親がついて行くことはほとんどなかった。日本はその頃も治安がしっかりしている国だった。貧乏とか金持ちの子供とかは関係なく、全ての子供が同じ給食を食べ、全員が片付けから掃除まで平等に行う。先生が教壇に立たれると、「起立」「礼」をしてから授業が始まった。

トイレでは、部屋のスリッパと履き替えて入る。トイレは私の子供時代とは想像もできないほど改善された。使用後は水を流し、便座は冬でも保温されていて温かい。また、隣の人にわからないように音楽が流れる。赤ちゃんを連れた人でも、赤ちゃんを座らせる椅子が付いている。そしてストッキングの交換をしなければならないときは、倒せば台が出てくる。どこのトイレに入っても清潔で、トイレットペーパーがなくなっているようなこともない。また、トイレに入りたければ、コンビニや駅、公園など、あらゆる場所に設置されているので安心である。どこで利用しても、使う人が不便だと感じないように細かな配慮がされている。

病院や役所などでは老眼鏡が使えるようになっていて、私のような高齢者には大変助かる。

外国の人たちにとっては、日本のマナーや治安の良さ、日常生活における創意工夫が驚きの連続で、日本がいかに他国と違うか海外で紹介されている。外国の人たちから、日本人は他人を思いやる気持ちを最も大切にしている国民だと思われていることを、私たちは誇りに思い、自分自身の普段の行いを見直してみることを忘れないようにしたいものである。

神様になった気分と出会い

今日は朝6時前に家を出て、ゆっくり歩幅を大きくして歩こうと気合を入れて歩いていると、帰る途中で電話が鳴った。こんなに朝早くから誰かしらと思い、スマートフォンを確認すると◯◯さんからである。

8月中旬で、ものすごく蒸し暑い。頭から汗が噴き出していたが、少し風はある。

どこかに腰かけてゆっくり落ち着いて話を聞かなくてはと思い、周りを見回すと左側に神社の境内に上る70段くらいの階段の先に鳥居が見えた。階段の前には2mほどのスペースがあり、右左に大きな木があって日陰になっているので太陽が照り付けることもなく、心地良い風がサワサワと吹いていた。ここに座ろう。今、私が通ってきた道は車がやっと通れるくらいの農道であり、誰も通らないだろうと思って、階段の2段目に神社を背にして大股を広げて座り、風通しを良くしようと肘を太ももに乗せた。

下を向いて電話で話を始めると、いきなり前方でパチパチという音がした。慌てて前を見ると、女性が手を合わせ拝んでいる。

「あら、ごめんなさい。私を拝んだんじゃないわよね…」

「大丈夫、後ろの神様ょ」

電話の向こうで友達が「誰と話しているの?」と聞いてくる。

「あぁ。ごめんなさい。今、私を拝んで行った人がいたのよ」

私、神様になった気分。しかし、驚いた。ここを通り散歩コースにしてから約2年になるが、手を合わせて拝んでいる人など見たことがなかったのだ。

本日は私、神様になった気分。何でも叶えてあげるわよ…。ご利益がほしいのは誰？

大股広げて大笑いしている神様なんて、いないかもね…。しかし、神様にお願いするときは自分の名前と住所を言ってから願い事を言葉に出して言わなければならないらしい。そうしないと、どこの誰がお願いしたことなのかわからなくなるからだと、何かで聞いたか見たような気がする…。

私も以前は、「もっと美人になりますように」とか「頭が良くなりますように」とか「お金持ちになりますように」とか色々お願いしたが、今思うと美人になるにはとても無理、親からの遺伝だもの親に失礼でしょう。頭が悪いのは自分が勉強しないからでしょう。金持ちは多少叶えてくれるかもしれない。宝くじに当たればなれるかもしれないが、買うお金がなかったら叶わない。全て不可能である。けれど、「健康でありますように」といったことなら、お願いすれば聞いてくれるかもしれない。これは自分の気持ち次第、ストレスなどを抱えない生活習慣と、どのように対応していくかが大きく関わってくると思う。そのことを自覚して初めて、神様も一緒に支えてくれるのではないのかしら？　私自身わかっているのに、出かけるときとか何かに、一生懸命取り組むときは「神様どうぞよろしくお願いいたします」と祈っている自分がいる。フッフッフ…笑う。

お祈りするときは、まず声を出してお祈りをしたい。

遥か昔、お祖父ちゃんが観音様の掛け軸を形見として私にくれた。今、家の床の間に飾られているが、貰って半世紀以上が経ち、ボロボロでいつ下げられなくなるかわからない。修理して孫にやりたいと思い、インターネットで調べるとかなりのお金がかかるらしい。やはり無理。しかし、じっと見ていると神様はとても美人でおっとりしている。ただ太っているからかもしれないが…。自分自身と比べてみた。これぁダメだわぁ…。

何が違うのだろう。観音様の雰囲気というかオーラというか、全体的な輝き？決してこの観音様も美人じゃないと思うが、とてもとても近づくことはできない感じがする。でも、努力に努力を積み重ねれば、もしかしたら足元に近づくのではないかと最近考えている。そしてこの世を去るときは、この観音様のほんの一部でも心に抱いて旅立ちたいと思う。何々をお願いしますと目的をしっかり言わないと、神様もわからないらしいですよ。お願いしたものを探すのにも、とても時間がかかるとのこと。ほんとかなぁ…。でも、私に手を合わせた人に言っておかなくては…。

本日も歩きに行くと、時々お会いする男性の方と会ったが、あまり話をしことがなく、いつも「おはようございます」と言うだけである。ところが、どういう風のふきまわしか、話しかけてきた。

「毎日どれくらい歩いているのですか？　1時間くらい？　どこまで行っているのですか？」

「バラ園の下まで行って、約1時間40分くらいですかね～」

「バラ園って、どこですか？」

「お墓の下の田んぼの真ん中です」

「気を付けて」

男性は、私と反対の方角へと歩いていった。

いつもの目的地に到着して、手を合わせ「今日も無事でありますように」とお祈りをして帰路についた。

すると、先ほど尋ねてきた男性が私のほうに近づいてきた。

あら、あの人先ほど反対の方角に散歩に行ったのに、今度はこちら?

「バラ園ってどこですか?」

「あの2の橋の林の中です。私は2の橋が聖地と思っているのです」

「あぁ…なんだ。お墓のある下のほうか…わかった」

「ごめんなさい。バラ園とは私が勝手に付けた名前でした。あそこはバラがたくさんあって、とてもきれいなので…」

「あぁ…いいんです。皆それぞれ自分の気に入ったところを大切に神様とか仏様とか信じて、自分の心が満たされるなら全てOKです。ある人は大きい木から自分に気を貰う…と言う人もいれば、○○寺へ行って南無妙法蓮華経と唱えても、その寺が南無阿弥陀仏であっても、自分の信じる気持ちが大切だと思います」

彼の話を聞いて、とても優しい人に出会えたと嬉しくなり、心が晴れ晴れであった。自分が観音様になるのも悪くないけれど、今お会いした方が本当の神様ではないかしら?

帰り道の登り坂まで来た。すると足が痛くなり、少し前のめりになった。「こんな坂で痛くならないでよ」と独り言を言っていると、どこからか「ペチャクチャ、ブ～ン…。クチャ、ブ～ン、ブ～ン…」と聞こえてくる。周りは家がなく、左側は高さ５ｍほどのブロック塀であり、右側は２ｍほどの木が茂っている。先が見えない。近くに誰かいるのかしらと立ち止まり、見渡してみたが何も見えない。よく聞いて見ると、蜂たちの声であった。

蜂たちが「もう少しだよ。ブン、ブン、ファイティン」と言っているように聞えたので、「ありがとう。頑張るね」と答えると、聞こえなくなった。「エッ。蜂たちが私を元気付けてくれたの？　ありがとう」と言って、気合を入れて坂を上り始めた。こんな経験は初めてである。

本日の神様と蜂たち、ありがとう。笑顔が一杯の１日となった。

ご主人、適当に家事に参加

最近散歩をすると、たくさんの人たちとの出会いがある。

多くの方が定年退職され、健康のために毎日の日課にしているようである。私も同じなので途中でお会いする方たちと話が一致して意気投合することもしばしばあり、とても楽しく帰りはルンルンでニヤニヤしながら帰路につく。多くの方が団塊世代の人たちで、家にいるようになってから夫婦2人の日々の過ごし方に疑問を持ち、また不満を募らせていることがあるように思える。

退職されて70歳前後の方たちは、現在、働き盛りの世代の人たちとは考え方にかなりの違いがあると思う。今はすっかり共働きが主流になっており、夫婦が家庭内のことを分担するのはもちろん、休暇を取り育児に参加する男性も増えている。

ご主人が退職されて朝から晩まで家にいる場合、それまで奥様がいつも座ってテレビを見ていた場所は定位置ではなくなり、ご主人と取り合うことになるかもしれない。田舎のように大きな家であれば、家の中にいても顔を合わせずにいることもできるだろうが、都会では2階建て5LDKもあれば広いほうで、それよりも部屋数が少ない家も少なくないだろう。そうなれば、相手のやっていることが丸見えとなるのである。

例えば、奥様が料理を始めると、時間がたっぷりあるご主人は暇つぶしに台所に

顔を出したりする。そこで
「今日の夕飯はなぁに。ママの作ってくれるものは美味しいから楽しみだなぁ」とか
「今日は僕が作るよ。ママはゆっくりしていて」などと言ってくれれば、奥様は旦那もいいとこあるわぁと思い、他の人に自慢もできて幸せを感じるかもしれない。
ところが、奥様がジャガイモを切っていると
「切り方が違う」とか、ニンジンの皮をむいていると
「むき方が違う」とか、味付けをしていると
「調味料の使い過ぎだ」などと、いちいち口出ししてくる場合が多いものだ。そんなことを言われたら、売り言葉に買い言葉で、つい
「切り方が悪いのなら食べるな。自分で作れ」となってしまいがちである。
ところで、お祖父ちゃんとお祖母ちゃんたちは70歳前後の頃、どんな暮らし方をしていたのだろう。フッと、そんなことを考え、昔を振り返ってみた。実際、その頃お祖父ちゃんたちが何歳であったのかは定かでないが、私が中学生だったときにお祖父ちゃんたちは今の私と同じくらいの年齢だったと思う。

お祖父ちゃんはよく山に出かけていた。春になると雪で倒れた木を起こしに行き（私も手伝わされた）、夏には山の草刈り（木がすくすく育つように根元に生えている草を取る。これも手伝った）に、秋になれば枯れ枝を持ち帰る。焚き火用として使うため、家の中に保管していたのだ。朝の食事は皆と一緒に食べていた。食後、一息ついて外が暖かくなってきてから歩いて山に出かけ、2時間前後で帰って来ていた。昼ご飯を食べた後、昼寝をしっかりしてから再び出かけていくというスタイルであったように記憶している。

ある日、高いところに保管してあったステンレスの大きな鍋を取ってほしいとお祖母ちゃんから頼まれ、脚立に乗って取ろうとしていたら別の鍋が勢いよく下へガシャンガシャンと音を立てて落ちたことがあった。昼寝をしているお祖父ちゃんは

「オイ、大変だあ…。今、雷が落ちた。早く逃げろ」私とお祖母ちゃんを家の外へ連れ出し、

「あぶねぇなぁ。よかった無事で」私とお祖母ちゃんはポカンと口を開け、空を見上げた。お祖母ちゃんは

「雷？　エッ、こんなに雲一つない青空なのに、雷がどこに落ちるんゃ」

「アレ?　ほんとだぁ。じゃ、夢かぁ?」と呟いていた。午後2時前後の晴天の日である。昼寝をしっかりしていて寝ぼけていたのだ。

冬になるとものすごい雪で家から外に出られなくなるので、藁仕事をしていた。お祖父ちゃんは米俵（当時、お米を出荷するのは俵に60kgを詰め込み、しめ縄で締め上げていた）をせっせと編み、お祖母ちゃんは縄（今ならビニール製のロープが売っている）を作っていた。藁が硬いため、棒で叩いて柔らかくしてから手で作業をしなくてはならなかった。柔らかくなるまで藁を棒で叩くのが私の仕事だった。お祖父ちゃんたちはこのようにいつも何かしらやることがあって、暇を持て余しているようなことはなかった。お祖父ちゃんとお祖母ちゃんの協力があったので、父や母は外で仕事をすることができたのだと思う。

うるさいご主人と一緒にいたくない奥様は、家の周りの片付けなどをしようと、了解を取って始めたりするのだけれど、ここでもご主人が

「あぁでもない、こうでもない」

「ここは1本ずつまっすぐに?」勝手に1人でやれぇ。という具合である。ご主

人がいなくなったら全部壊して、憂さ晴らし。あぁ～すっきりした。言われたように作り直しておかなくても全く気付かないのだから、暇に任せて人のやることにただケチを付けているだけなのだ。

ご主人は一家の大黒柱と思っているのであれば、奥様と子供たちを上手に褒めて気分良く使う方法を考えるべきだと思うが、会社人間だった男性たちは自分が必ず上で奥様は部下という考えがあるため、褒めることができないのではないだろうか。自分自身が損をしていることがわからないのだ。2人で協力して生活できないので、お互いが胸の中にモヤモヤした気持ちを溜めていくことになる。

最近歩きに行くと、ご主人に対する不満を時々耳にする。実際、私もそうであった。

ご主人が会社に勤めている頃は、家計簿や貯蓄など全てを奥様任せにしていたのに、退職するとご主人が全て取り上げ、預金額を見て「これだけしかないのか?」などと言ってみたりして、本人が管理しようとする。

また、男性が買い物に行けば、どんなに高くても自分が欲しいものだけ買ってきて、洗剤やトイレットペーパーなど頼んだものを買ってきてくれず、一切無視している。結局、旦那に頼んでも用が足りないので、奥様が買い直しに行くことになるのだ。

用事があって奥様が出かけるときには、家にいるご主人が、自分で食べるものくらい作れる男性もいるが、

「何時に帰ってくるのだ?」

「俺の昼飯はどうするんだ?」

「どこへ行くんだ?」などと言われ、帰りの時間が少しでも遅れればものすごい剣幕で怒鳴り出す人もいる。だから奥様は不愉快になり、夫婦喧嘩の元になるのだ。

出かけるときに、ご主人からお金を貰わなくてはならない場合は大変である。

ご主人から

「そんなところに行くな」

「そんな習い事はやめろ」

「お金がもったいない」などと言われれば、奥様は何もすることができなくなる。

食事はご主人が作り、奥様の口に合わなくても文句も言えず、ダダひたすらストレスが蓄積し、体内に病巣が作られていく。奥様は、食べて寝てテレビを見るだけ。

テレビもご主人の好きな番組だけ、自分の好きなものは見れない。会話もなし。近くに子供たちの家族が住んでいれば、まだ時間の使い方も考えられるが、最近は核家族が多いので孫の顔を見に行くのにも気を使ってしまい、大変である。私の場合は、2人とも東京にいるので出かけていけば交通費がかかる。おいそれと出かけられない。ストレスが多いと認知症になりやすいと聞いたことがある。

ご主人と奥様の分担がはっきり決まっている家庭もある。家の周りのことをご主人が担当し、食事の準備や洗濯、掃除、片付けなど家の中のことは奥様がやっているというような場合である。そういう家のご主人の多くは、台所品についてはどこに何があるのか全然わからないらしい。例えば、草刈りはご主人がやっているので、奥様は物置の中に何があるのかわからず、ご主人はご主人でお茶の入れ方一つ知らないというのだ。私の父も、ガスコンロでお湯を沸かすことができなかった人である。団塊の世代はそれに近い人が多いのではないだろうか。洗濯機や電子レンジの使い方も知らないし、ご飯の炊き方だってわからない人は意外にたくさんいる。包丁を持ったことがない男性だって、その世代では珍しくないのだ。父は大工をしていたので木を切ることは上手だったが、料理をしたことがなかったようで、母に東京に来てと言っても「父さんがご飯を食べられないから行けない」と言っていた。父は自分の食べるものも作れなかったのである。それはお祖母ちゃんが「男が台所に立つものではない」と言っていたのを常に聞いていた。そういう時代があったのだ。

現在、70歳前後で夫婦だけの生活になった人たちは、2人で何でもこなせるように努力していく必要があるのではないだろうか。今はお互い健康であっても、この年齢になるといつ全てを自分1人で担当しなくてはならなくなるかもしれないのだ。だから、そういうことも覚悟して準備しておきたいものである。もし奥様が病気で倒れたら、炊事、洗濯、掃除などをご主人がすることになるし、奥様に食べさせてあげなければならなくなる。ご主人に何かがあれば、奥様はご主人がやっていたことをしなければならなくなる。そうなったとき、果たしてすぐに対応できるだろうか。

今はコンビニに行けばいつでも弁当を買えるし、庭の手入れだってシルバー人材センターに依頼すれば自分でやらなくても済むかもしれないが、もちろんお金がかかるわけで、年金生活者にとってはたやすく利用できないだろう。必ずいつかどちらか1人になるのだから、相手がやってくれていることを少しでもできるように、自分で試してみるのも1つの方法だろうと思う。どちらかが病気になって入院した場合、1週間から10日程度で退院し完治すればいいが、もしかすると治療に数年かかるということも考えておく必要がある。

これは時々聞く話だが、自分でお金をATMから引き出したことがないという男性が多く、全て奥様がやっているのだとか。ある日、息子さんから「お金を都合しておいて」と電話があり、慌ててご主人が近くのATMに飛んで行ったが、機械の使用方法がわからず娘さんに電話したらしい。すると、娘さんから「私に電話しないで××に直接聞けば」と言われ、恐る恐る息子さんに問い合わせると「そんなこと電話していない」となり、詐欺であったとわかったそうだ。この場合はお金を下ろせなかったことが幸いしたが、ATMの操作の仕方は覚えておいたほうがいいと思う。

携帯電話が発売されて間もない頃、私は仕事が終わって帰りの電車に乗った。混んでいて座ることもできず吊り革につかまっていたら、外は真っ暗でガラス窓に自分の顔が映っている。この電車はどの辺を走っているの?と思いキョロキョロしていると、隣の男性が必死に携帯でメールを打ち込んでいる。かなり年配の方のようで、文字を最大限に大きく表示させていた。「きようのゆうしよくなあに」と見える。

エッ、変換しないで大文字も小文字もなし？　全てひらがな？　まだ、打ち込むのに慣れていないのかなぁと思いながら、別に見ようと思って見たのではないが、あまりの字の大きさに何気に目に入ったのだった。しばらくすると「チリン」と音がして、奥様からメールの返信が届いたようである。「今日はカレー」とある。奥様は漢字変換していた。そのメールに男性は「うんたのしみだいまどこどこであとなんぷんでかえる」と打ち返している。1行が6~7文字くらいで一杯になるような大きさのひらがなだから、横にいる私にはすぐに読めた。

今、あのときのご夫婦は仲がいいのだろうと、昔の電車の中の光景を思い出しフッフッと笑顔になった。

ご主人が働きに行っていた頃は朝と夜の食事の準備でOKだったが、定年退職して家にいるようになると昼ご飯もあり、以前とはかなり違ってくる。

年金生活になり、男性は自分の年金で食べさせているのだから3度の食事くらいは作るのが当たり前と考えている方がいるかもしれないが、数十年という長い年月を朝早くから食事の準備をし、帰ってくれば温かいご飯で迎え、不愉快な思いをさせないように家の中を掃除し、いつでもお風呂に入れるように準備をして奥様が暮らしを支えていたのだ。そのことに感謝するどころか、それが普通だと考えている男性が多いのには驚いている。

奥様は毎日子供たちの面倒を見ながら、ご近所や親戚との付き合いなど全てを行い、家庭を守り支えてきたのである。だからご主人は余計なことを考えずに働いていられたのであり、お金を稼いでくるのは男性のほうが多かったかもしれないが、自分1人で家庭生活を続けていくことなど不可能であったと思う。それはどの家庭でも同じことだ。

定年まで会社人間として、またお店をされている自営業の方など仕事一筋で努力してきた男性は多いと思うが、これまでとは違う炊事や洗濯、掃除など、家庭の仕事へもチャレンジしていく必要があると考える。そういう努力が奥様への協力につながり、いつまでも夫婦が円満でいられる基本となっていくのではないだろうか。

男性が率先して家事に協力すれば、２人の間に楽しい雰囲気が生まれるし、お互いを労る気持ちを持てるようになると確信している。

２人がいたから現在を満喫できることに感謝して、お互いの協力を願いたいと思う。

新しい世界への旅立ち

新しい世界ではどんな勉強が待っているのだろう。次の世界でもかなり厳しい教育があり、自分の努力次第で上へ上へと挑戦できると本で読んだことがある。けれど、現世を去るときの苦しさや残された人たちの気持ちを思うと、果たして私の考えは正しいのだろうか。

３月11日は、東日本大震災で多くの人たちが亡くなられた日だ。あちらこちらで追悼式が行われていると報道されていたが、その方たちは一瞬でこの世を去っていった。自分の意志に関係なく、悔いを残して旅立った。残された人たちの悲しみを思うと苦しくなる。

遥か昔、あるお母さん（30歳前後）が3人の女の子を残してこの世を去った。一番上の女の子は7歳、次女が6歳、そして3歳前後の女の子の3人。お母さんは病院に入院してから2～3週間で亡くなってしまった。

葬儀場の手配をする前、一旦遺体は家に帰された。お祖母ちゃんと子供たち3人が買い物から戻ると、末っ子の幸子ちゃんが横になっている母親のところへ飛んでいった。

「あっ、お母さん帰ってきた。嬉しい。やっと一緒に遊べるわぁ…」

上のお姉ちゃんたちは状況がわかっているので、何も言わずに黙って見ていた。

「お母さん。寝ていないでお散歩に行こう」

そう言って母親の布団を剥ぎ取り、起こそうとしている。

「早く起きてよ」

今度はお母さんの着物の袖を引っ張り、一生懸命に起こそうとしている。

「私、お母さんと一緒に遊びたいのに、どうして起きてくれないの？」

「アッ、そうか。眠いのね」

幸子ちゃんは布団にもぐりこみ、

「仕方ないわ。私も一緒に寝てあげる」寝ているお母さんにぴったりしがみついた。

「あれ…お母さん冷たいね。あぁ…寒いんだぁ」

3歳の彼女には、お母さんがあの世に旅立ったことが全然わからないのである。

その場にいた人たち5～6名は涙が止まらなくなり、自分の洋服の袖やハンカチ、ティッシュペーパーを取り出し、鼻をかむ人や後ろを向き涙を流す人、皆がどうしていいのかわからず困っていた。

しばらくすると、その子のお祖母ちゃんが目を真っ赤にして顔はニコニコしながら、幸子ちゃんに言った。

「こっちにおいで。お母さんはとても疲れているの。これからズーッともう起きられないんだよ。だから、これからはお姉ちゃんたちと仲良く遊ぼうね。もしかしたらお祖母ちゃんの家に来ることになるかもしれないね。もし、そうなったらどうする？　お祖母ちゃん家、来たくないかい？」

「ウン。お祖母ちゃん家、大きいから大好きよ。お姉ちゃんたちも行くんでしょ?」

「もちろんそうだよ。だけど、まだお父さんたちと話をしてからね。お祖母ちゃんは、幸子ちゃんやお姉ちゃんたちが来てくれたらとても嬉しいのだけど。今はお祖母ちゃん家はお祖父ちゃんと2人だから、がらんとして寂しいの。来てくれたら家が賑やかになるからね～」

「ウン。わかった。私も大きな家でかくれんぼして遊びたい」

幸子ちゃんはそう言って、ニコニコしている。

この会話を皆が聞いている。お祖母ちゃんは涙をこらえて続けた。

「お母さんとは、もう一緒に遊べないの。でもね、幸子ちゃんのことがとても大好きだから、いつも見えないところから見ているのよ。お空の上からなにしているかなぁ～て、いつも見ているの。お姉ちゃんたちも見守ってくれているから、いい子にしていないとね」

その後、お祖母ちゃんは
「お姉ちゃんたちと向こうで美味しいものを食べて、一緒に遊ぼう」て、女の子たちを別の場所に連れて行った。

幸子ちゃんは、お祖母ちゃんが言っていたことの意味がわかっただろうか。見ていた私はどうしていいのかわからなかった。

また在職中での出来事を思い出した。

私が40代半ばの頃のこと、同じ年齢の男性社員の話である。年齢が同じということもあって彼とはとても話しやすく、苦情などを気楽に話せる人だった。私だけでなく事務員さんのほとんどの人が、彼には何でも話をして親しくしていた。彼は優秀な人で、1年ほど前に別会社に出向していたが元の職場に戻ってきていて、以前の彼の人柄を心得ていたので全員がなんでも話せたのだ。

ある日、東京に10㎝以上の雪が積もり、歩くのも大変になったときの出来事である。朝早くから女性事務員が彼に仕事のことでお願いをしていた。

「ねえ〜。前からお願いしている書類はいつになったら完成するの？　私とても困っているのよ。本日中にお願いね」

「わかったよ。わかったってばぁ…。午後からやるからうるさく言うなよ」

「いつもそう言って、まだやっていないでしょ。今日中にやらなかったらもう知らないから」

2人が喧嘩をしているのを、その場所にいた10名くらいの人が聞いていた。私は「大切なことだから必ずね」と彼に念を押した。そのとき、朝の10時前後であったと記憶している。

窓の外を見ると、東京にしては珍しく空から真っ白い雪が舞っていて先が見えない。この雪だと帰りが大変だわぁ…ハイヒールで帰れるかしらと、帰りの心配をしていた。すると、近所からパートで働きに来ていた女性たちが
「洗濯物、外に出さなくて正解だった。こんなに降るとは言っていなかったのに」

などと口々に話している。

昼食が終わり、1時から各自の業務に取りかかった。黙々と書類作成にかかる人や電話対応などに追われる人など、あちこちテンヤワンヤである。当部署は当時電話がひっきりなしにかかってきていた。10本ほどの回線がパンク状態である。

3時くらいに上司宛の電話がかかってきた。しかし普通のことなので、周りにいる人たちは全く気にしないで電話対応に忙しかった。上司が
「えっ、なんですって？　もう一度お願いします。意味がよくわからないのです

が…」電話の相手はもう一度繰り返し説明していた。どうやら「家で息子が亡くなりました」と言っているようである。

「あのぉ…どなたかとの間違いではないですか？　彼なら午前中、会社にいましたよ」

上司はそう言うと、受話器の口を手で押さえて今度は私たちのほうを向き、

「なぁ…山口くん、午前中までお前たちと喧嘩していたよなぁ。間違いないよなぁ」と言う。

「え〜。伝票の件でお願いしましたよ。ねぇ、ＦＦさん（事務員さんで伝票を依頼していた人）。皆も聞いていたよね？」

上司はもう一度受話器の相手に話しかけている。

私たちは「どうしたのかしら」「どこかへかけるの間違って、この電話にかけてきたのではないかしら」「きっとそうだよね。だってあの伝票、今日必ず処理すると言っていたもの」などと口々に言った。？　？　？　どういうことだか、さっぱりわからない。

上司は

「ハイ。了解しましたので、とりあえず電話を切らせていただきます。後ほど自宅に伺いますので、よろしくお願いいたします」と言って受話器を置き、しばらくの間ぼーっとして何も言わず、立ったまま受話器の上に手を置き考え込んでいた。

当時、私は管理関係を担当していたので、その上司から

「美里さん、今から山口さんの家に行くから一緒に来てくれない？」と言われ、すぐに準備をして山口さんの自宅に向かった。会社から車で15分くらいの場所である。時刻は4時前後だったと記憶している。彼の家に到着すると、ご近所の人たち数名がそれぞれ

「今、来たばかりだ」と言いながら集まっていた。上司が名刺を出し、

「私とこの人は会社から来ました」と町内会の3名くらいの方たちに挨拶をした。

「一体どうしたのですか？　電話があったので駆けつけたのですが、山口さんが亡くなられたとか。今日会社に来ていたのですが…」

すると、山口さんの母親がポツリポツリと皆の前で話し始めた。

「実は、息子がお昼休みを家で食べようとして帰ってきたのですが、あまり雪が降り玄関にたくさんの雪が積もって車を駐車場に入れられないので、車の入るとこ

ろまで除雪しようとスコップを持ち、大通りから7～8mくらいの自宅の車庫までの雪を取っていたのです。そのうち『なんだか胸が苦しいから一休みする』と言って縁側に横になったと思ったら、そのまま亡くなってしまったのです。すぐに救急車を呼んだのですが手遅れでした」

彼には2人のお子さんがいて、上が中学生、下の子は小学生、そして母親の4人で暮らしていた。奥様とは随分前に離婚されている。

彼の母親はそこまで話すと、もうろうとしていた。私たち2名とご近所の人たちは今後のことについてどうするのか聞きたかったが、それどころではない。彼女は「私が先に逝かなくてはいけないのに、どうしてお前が先に逝くんだ」と山口さんを抱き、揺すっている。親よりも子供が先に亡くなったのである。

「子供たちをどうするの？　私はもう60歳過ぎているんだよ。どうやって孫たちを育てていけばいいのかわからない」

近所の人たちも私たちもお祖母ちゃんに話しかけられなくなり、全員で翌日もう一度伺うことにして引き揚げた。そして、お通夜、葬儀と行われて3～4日が過ぎた。

月曜日になり、私はいつも通り会社の業務についた。事務所のある2階から何気に階段を降り始めると、山口さんが勢いよく下から事務所に向かってくるのを感じた。私は

「誰か、山口さんの机の上にお花をお願い」すかさず1人の女性が

「私、気になったのでお供えしてあります」と答えてくれた。きっと彼はまだ自分がこの世を去ったことに気付いておらず、伝票整理にアタフタと駆けつけたのではないだろうか。自分の机に花が飾られているのを見て不審に思うだろう。また、何かを書こうとしても書けないことに驚くはずだ。彼は自分が亡くなったことに気付くまで時間がかかるだろう。

愛別離苦。愛する人たちと別れるのは辛いものだが、誰もがいつかは経験しなければならない。旅立っていく人の思いと残された人たちの気持ちを想像すると胸が苦しくなり、とてもやるせない。

最近、体力の衰えを嫌と言うほど感じている。

同年代の人とおしゃべりをしていたのだが、私はかがむことができなくて、高さ

20㎝くらいの石段に腰かけた。彼女は私より6ヶ月若い。しゃがんでいる。

「あなた、同じ年齢なのに若いね。そのスタイルができるんだぁ」

「この歳になれば誰だって何かあるのが普通。足や腰でなければ内臓だとか。どこも何でもないという人はいないよ」

「そうよね。でも、先ほど出会った男性は90歳過ぎているんだけど、どこも痛くないらしいよ」

「そうなんだぁ。痛くないのいいねぇ」

「若い人たちも今に見ていろ。私たちと一緒になるから。私だって20歳くらいの頃はまだピチピチしていて、あのお婆さんサッサと歩けないのかしらと思っていたのに、このざまよ。受け入れるしかないね」

しばらくくだらない話で大笑いし、さて帰らなくてはと思って立とうとしたが立てない。

「立ちたいのだけど立てない。あなたのほうが若いのだから引っ張ってくれない？」

「70歳過ぎた者同士が数ヶ月若いからといって、どこが違うの？　生まれて1ヶ月と6ヶ月くらいなら、ホヤホヤとお座りしている子とかなりの違いがあるのがハッキリわかるけど、この歳になれば皆同じ。先日テレビで90歳の婆さんがピンピンして演説していたよ。あの人、私たちより20歳も年上なのにあれはなぁ〜に…。私も足がしびれて立てないんだわぁ」

「誰か助けてくれないかなぁ」

2人で「どうする?」と言い合って、またまた大笑い。

「仕方がない。お互いが手と手を取り、いちにのさんで立とうか?」

「そんなことしたら、倒れて2人とも救急車よ。救急車1台では2人乗れないのだから2台呼ばれて、ご近所の笑いものになるのはごめん被るわ」

今は笑っていられるが、まだまだ先がある。苦労して2人ともどうにか立ち上がれたが、腰がまっすぐにならない。しばらくトントンしてようやく正常に。やれやれ。

時々会う男性が、こんなことを言っていた。

「毎日、ご飯を食べていれば自動的に歳を取る」

良いこと言うなぁ…。

次に紹介するような会話を平気でできる友達がいることに感謝している私である。70歳過ぎた友達数名と食事をすることになった。私は他の人たちよりも食べるスピードが早いようだ。

「ねぇ、ご飯、お代わりして来るね」

「もう食べたの？」

「すごくお腹空いているんだもの」とお代わりをして席に着き
「私が死んだら、お通夜にもお葬式にも絶対に来ないでね。私はこの顔だもの。これ以上酷い顔見られたくないからね」

「大丈夫よ。心配しないで。あなたがこの世を去る頃には誰も生きていないから」

「私が一番だと思うけど。足は痛いし腰は痛いし。もうそう遠くないと思う」

「ご飯を他の人の2倍も食べておいて、よく言うわぁ」

「あのねぇ…。あの世に旅立つときには、ご飯が食べられなくなるの」

「そうかなぁ…関係ないように思うけど。私のお祖父ちゃん、前日の夕食まで座布団の上に正座してお代わりして食べていたけど、数時間後にあの世へ行っちゃったよ。ご飯と死とは関係ないんじゃないの（お祖父ちゃんのことも今は笑って話せる）」

今日は数十年ぶりに大嫌いな学校に行った。自動車学校である。どんなことをテストされるのかと胸がドキドキ。青い顔をして開始時間を待った。その場所には2人掛けのテーブル数個が縦に用意され、前に黒板が設置されていた。数名の先生がいる。テストが終わり、座っているテーブルの右前方に成績の出ている表を向けて採点用紙を鉛筆で押さえた。成績が丸見えである。隣の席の男性が「えっ、成績表を見せているの？　恥ずかしくないの？」

「今この学校に来ている人たちは全員私とほとんど同じ年齢でしょ。正解は皆同じ。私たちは70歳以上よ。でなければここに来ないのだから」

彼にそう言うと、皆が「あら、ほんとだぁ」「私も」とワイワイ、ガヤガヤ。先生からは

「皆さん、本日ここにお集まりいただいた方々は初めてお会いする方々ですよね。まるで以前から知り合いで、幼稚園のお遊戯会みたいですね」と、感心された。そ

うか。今までは普通の人、現在は幼稚園、これから赤ん坊に戻るのかぁ…と納得した。

ある人の話では、歳を取ったら腰が曲がっていたほうがいい。物が拾いやすくなる。また、鼻は低くても高くても関係なく、穴が大きいほうがいい。管がたくさん入るから。お腹はブックら大きいほうがいい。食料タンクだから。昨日まで美容院へ行っていても、今日は接骨院へ。体力は落ち、思考能力は落ち、記憶力はなく、髪の毛は抜け落ち、オッパイは垂れ下がり、散歩はハイハイになる。昨日までは車で走っていた人が、次の日は乳母車を引き、次には寝かされて知らない人に押され、そのまま白い車に乗せられる。帰りは屋根の付いた黒い車に乗り、最後は火の車に乗せられガチャンと締められてハイおしまいとなる。

だから、肩の荷を降ろして楽しく生きようと話していた。感動。

大切な財産の処分と夢

体のあちこちが痛み出す。

昔、お祖母ちゃんが「ほれ、美味しいから食べろ」と言って、何かあると必ず私にくれたのだが、どれもサロンパスの匂いが付いていて食べる気になれなかったことを思い出している。それが今、自分も同じである。

頭を空にしてぼ～っとしていたが、ハタと気が付いた。韓国ドラマＤＶＤ３００弱のタイトルを保管していて、自分だけのただ1つの大切な財産と思っていたが、このまま自分が動けなくなったとき、これを残しておいても誰も見ないだろう。邪魔になるだけである。息子たちの会話を思い出していた。

「母ちゃん、これどうするんだぁ…。もし母ちゃんに何かあったら棺桶に一緒に入れてやるからな」

「兄貴、知らないなぁ…。このＤＶＤを入れたら母ちゃんが入らなくなるよ」

「えっ。そんなにため込んでいるのかぁ？」

「兄貴は母ちゃんが退職してから一緒に生活する時間が少なかったから、どんなことしていたか知らないだろう？　このＤＶＤを棺桶に入れて母ちゃんを入れるには棺桶３個ほどいるでぇ…。棺桶代金がいくらかかるかわからないよ」

息子たちが言っていたのを聞いて笑っていたが、実際なりそうで怖い。今自分が元気で車の運転もでき、体力もまだあるときに廃棄してしまわなければと思いつき、必死で片付けに取りかかった。今まではＫＮＴＶを視聴し、見ている時間がないので全部データを落とし込みＤＶＤに録り、雨降りで何も用事がない時間に一気に見ていたのが自分のスタイルであり、他の人たちとのコミュニケーションにつながっていった。それにしても、どうしてこんなに大量になってしまったのか…。

当時、私は60歳。定年退職を間近に控えているときに病気をしてしまい、会社に行くこともできなくなってしまった。病院の先生から
「即入院して安静にしていてください」

「入院してどうするのですか？」

「薬を飲んで寝ているだけです」

「それでは、家に帰って寝ています」

「絶対安静ですよ。それから〇日後に必ず病院で検査を行ってください」

そう言われ、うなだれて帰ってきたのだった。すると、同居している義夫が哀れに思ったのか、当時大人気だった「冬のソナタ」のＤＶＤを借りて来てくれた。それまでビデオの使い方もわからず、どうして見るのかもわからなかった私はドップリとはまり、息子に
「続きを借りて来て」

「自分で借りて来い。僕勤めているんだから、そんな時間ないよ」と怒られてしまった。しばらくすると友達から「体調はいかが？」とメールがあり、私はしめたと思った。彼女は韓国ドラマに詳しかったはずだ。

「今、入院しろと言われたのだけれど、自宅で何もしないで寝ているの。だけど退屈で韓国ドラマの『冬のソナタ』を見ているのよ。あなたは色々知っていると思うから教えてほしいんだけど、どうしたら一度に見れるようになるかしら？　今はツタヤでイチイチ借りて見ているのだけど、行っても借りられないときがあってイライラしているの。イライラは体に良くないわよね」

友達は
「KNTVを視聴すれば韓国ドラマはほとんど見られる」

「えっ、KNTVってなぁに?」

「お金を払って、そういうチャンネルを視聴するのよ。BSを見るのと同じ。視聴料金がかかるけど韓国ドラマはほとんど見られるからお薦めよ。この電話にかけてみるといいよ」

友達に教えてもらい、即アンテナ、チューナー、DVDデッキを購入してダビング方法を息子から教わりノートに必死に書き込んだ。一度で覚えなければ我が息子のことだから、なんと言われるかわからない。このときほど必死に勉強したことはなかったかもしれない。こういうときの私はバッチシオッケィ。

友達に視聴できることになったことを報告すると、今度はこんなことを聞かれた。

「タイトルはどうしている? マジックで書いているの?」

「ウン」

「タイトルは専用のプリンターを使えば絵も描き込むことができるし、字は自分の好みで好きに書けるから楽しみの1つになるよ」

学生時代、勉強はさっぱりダメだった私だが、絵を描くことは結構好きなほうで、クラスでも入選したことがあった。

息子が日曜日の暇そうにしているときに、メモしていたものを見せて聞いてみた。するとと息子もタイトルラベルを自分でせっせと作っていたのだった。

「どんな方法で作りたいの?」

「ウン? 方法がそんなにたくさんあるの? 友達が専用のプリンターを使ったらどうかって言ってたけど…」

「今から説明するから、しっかり覚えて」

「了解」

一度で覚えなければ息子が教えてくれなくなるのではないかと思い、私は必死だった。それにしても難しい。説明されたことをノートに記入していると、パソコンの操作方法を見落としてしまい、今どのように入力したのかわからない。息子に「インターネットを使用するのか、自分で書き込むのか」と聞かれたが、「なんだ、それ」という状態。言っている意味がわからない。

「簡単な方法を教えて」

「ジャ、こうして…。これをこうして」

つらつらと早い。何をどうしたの？

この作業は、もう一度聞かなければ自分1人ではできなかった。ドラマを見るために頭をフル回転しているうちに、病気はいずこへ。パソコンでタイトルの表紙に絵を描き、ハマリにはまった。

それにしても、どうしてあんなに夢中で韓国ドラマにのめり込んでいったのだろうと考えてみた。

私の子供時代は年上の人を大切にしなければならないと教えられ、家族もお祖父ちゃんが大優先で、お風呂に入る順番もお祖父ちゃんが一番。ご飯を食べるのもお祖父ちゃんが箸をつけてから私たち家族が食べる時代であった。ところが、結婚してみると旦那様は毎日のように付き合いだとか残業とかで午前様であり、子供たちは待っていられない。約半世紀前は女性が子供たちを見るのがほとんどだった。女性は働くこともままならず、子供が出来たら会社を辞めるのが当然と思われていたのである。

韓国ドラマには、現在の日本で忘れられつつある部分が残っている。年配者を大切にするということである。食事時のマナーや日常の言葉遣い、年上の人に対してはきちんとした敬語が使われ、私たちが育ってきた時代にそっくりなのである。

韓国のアイドルなどを見ていると、誰が一番年長者かと聞いている場面を時々目にするし、1歳でも歳が上であれば敬語を使っている。それに比べて今の日本はどうだろう。私の知る範囲などとても狭いが、最近の若者を見ていると親を小馬鹿にしている場面を目にしてとても情けなくなる。また、親が自分の子供を怖がっているのは、育てていく段階でしっかり教育できていなかったからだろう。そういう親子が多くなっていることに驚いている。

現在、韓国と日本の関係はかなり厳しい状態であるが、十数年前、韓国ドラマ「冬のソナタ」に出ていたペ・ヨンジュンは大変な人気であった。私は「冬のソナタ」をきっかけに韓国ドラマにのめり込んでいったが、最近ではどうしても韓国の大統領の発言が気になり、ドラマを見る気が起きなくなってきている。トップとトップの問題であり、一般人には関係ないことと割り切ることが難しい私である。

そんなわけで、これだけが私の大切な財産であり一つひとつに思い出がある。DVDに絵を付けたときの感情が蘇るが、これを残しておいても残念ながら誰も見ない。邪魔になるだけである。私が動けなくなったら処分に困るだろう。今ならまだ多少重いものでも持つことができるし、クリーンセンターに運び込めるが、もう数年すれば捨てに行くことさえできなくなるに違いない。そうなったとしても、どうしたらいいのかを考えられなくなるだろうと焦り始めた。

一番大切な宝物、ＤＶＤを車に載せクリーンセンターへ持ち込むと、あっと言う間に影も形もなくなった。あんなに一生懸命に時間をかけて絵を描き、私の生きがいのように楽しく一つひとつ作り上げてきたものが一瞬で消えてしまった。何だか自分の人生にそっくりで、涙が出て止まらなかった。

しかし、考えを一転させて、さぁ…すっきりしたぞ。今度は何を捨てるかなぁ…。そのうち私自身があの火の中に入ることになるのだなぁ…。そんなことを覚悟しながら、処分されるＤＶＤをしっかり見つめて帰ってきた。

いつもの通り散歩をしていると、庭木の枝落としをしたのか、道に散乱しているものを箒でかき集めている女性に出会った。

「こんにちはぁ、今日はとても天気がいいですね…」

「こんにちはぁ…。お散歩ですか？　いいですね。こんな日には家の中にいられないわね…。この庭、私1人なので誰も手入れしてくれる人がいなくて、草でボウボウなのよ」

そう言って広い庭を指さした。

庭には大きな石がたくさんあり、中央に枯山水が作られていた。飛び石が形良く置かれ、これは専門家がレイアウトされたものだと一目でわかる素晴らしい庭である。

「あら、奥様も1人ですかぁ。私も1人なんです。こんなに素敵なお庭だと管理するのが大変ですよね。私の実家も父やお祖父ちゃんがいるときはきれいにしていましたけど、今は木は大きくなり草はボウボウ、昔の面影はありません。昨日、実家にいる弟のお嫁さんが、自分の娘が撮ったのだといって写真を送ってくれたんですが、お嫁さんはその写真があんまり素晴らしいので娘に『これどこ？』って聞いたら、『お母さんの家』って言われたと、大笑いしていました。それにしても、こんなに素晴らしいお庭だったら手入れも大変でしょう？　よほど気合を入れてサァやるぞと力まないとできないですね」

「誰か良い人がいればやってくれるのに、しゃくだわぁ」

彼女は60代前半のように見えたが、あえて年齢は聞かなかった。すると彼女が「あなた、とても肌がきれいね」と私のことを褒めてきた。

「えっ。私、70歳過ぎているんですよ。きれいとか何とかいう段階ではなく、先日は終活のため、自分の大切にしているものを処分してきたところなんです」

「歳なんて関係ないわよ。私は旦那に数十年前に先立たれ、今は孫や息子たちは可愛いけど、もう子育ても終わり誰かのために何かしなくてはならないことはないんだもの。自分の人生を満喫しなくては」

「それもそうね。でも、いつお迎えが来るかわからないのに、人生もう十分苦労もしてきたから、このまま自由に生きたいと思っているの」

「あなた、世の中には未だにご主人に合わせてご飯を食べさせなければならない人たちもたくさんいるのよ。私たちは自分の食べたいものを好きな時間に自分の好みに合わせて作ればいいいんだもの。大満足だけど、家の周りのことになると困るんだわぁ」

確かにそうだ。

「今日のように天気が良い日は、何か良いことがあるかもしれないとワクワクしているの」

「私にはもう、夢も希望も何もないの」

「あなた、これからが人生の始まりよ。せっかくこの世に生まれてきたのだから、自由な人生を楽しまなくちゃ」

その通りだけど…。

「胸がときめくとお肌の色もピンクになるし、手のシミも気になるものなの。だからこうして手にも日焼け止めをつけているのだけれど、シミが出るわね」

そう言って手を見せてきた。この人、誰か好きな人がいるようだが、あえて聞かないのが私流である。

「あなた、顔にシミがないし手にもないの?」

私、シミだらけなのに…。

「全然気にしないから日焼け止めなんて使っていないし、肌にも合わないの。この通り無頓着。あなたは若いから、そのように考えられるのよ。私にはとても無理。例えばお茶飲み友達が出来たとするでしょう? お店に入り座るときにどっこいしょって言うし、お店の中を歩くときには足がふらついてオットットってなるのよ。お相手に悪いでしょう?」

「あなたに合った人を選ぶのよ。会話が合えばいいだけ。それ以上でも以下でもないのだから。人生バラ色に変化するかもしれないでしょ」

その通りかもしれない。今までそんなふうに考えたことなどなかった。明日は何をしようかなぁ…とぼんやり翌日のことを考え、何とかなるだろうと諦めムードで過ごしてきたが、私の目の前にいる人はなんと前向きなんだろうと羨ましかった。私の昨日までの終活とは遥かに違う。

以前、30代後半の頃、上司(60歳過ぎ)が退職されるときに私に話してきたことを思い出していた。そのとき会話の先生も一緒に聞いていた。

「昨日、散歩をしていたら同年代の男性が私に話しかけてきたんだよ。これを女性(同年代の人)から貰ったと言って、ブランドもののスカーフを見せてくれて喜んでいたんだが、私もそんな女性が出来ないものかと思ってね」

友達は
「よっぽど女に飢えているのね」上司はその言葉に全く反応せず続けた。

「その女性は彼と同じ種類の犬を連れて散歩をしているのだが、犬のことでお互いが相談し合う仲になったらしいんだ。だけど、60歳過ぎてあんなに素敵なスカーフをくれるのだからかなりの金持ちだろうし、その男性に興味がなければ振り向いてもくれないと思うが」

上司は感心した様子で話していた。

「犬なんかじゃなくて、トラでも連れて歩けば皆振り向きますよ」

彼女がそう言ったので、私は思わず

「えっ、トラ？」と声が出た。

「トラを連れていたら、誰だってビックリして振り向くってこと」と言って、大笑いしていた。

「お前たちと話していると、夢がぶっ飛んでいくよ」

上司は苦笑いしていた。

現在、そのときに会話していた彼女も上司もこの世にいない。今頃、あの世で2人仲良くコントをやっていることだろう。私たちは

「あの歳でまだ色気出している」と、上司のことを笑っていたものである。

今、この女性と話していたことは上司が言っていたのと同じことであり、現在の私より遙かに若いときの言葉であった。

この歳で夢も何もあったもんじゃないと諦めムードでいたが、なんと前向きな人に出会えたことだろうと感激して家路についた。

親に感謝

北陸の地に生まれ、両親、お祖父ちゃん、お祖母ちゃん、伯父さんたちに囲まれ大事に育てられてきた。

小学、中学、高校、社会人とたくさんの人たちと触れ合い、勉強させられてきた。

これまでの70年は勉強の時間であったが、何も知らず、ひたすら前を向いて自分なりに努力をして生きてきた。

あるとき母が

「オマエに、これから始まる人生の中で、もしこんなことにぶつかったときはこう考えるんだよと話したかったが、自分の思った通りに進んでもらいたかったので何も言わなかった。きっと苦しいときもあると思うが、私は何も教えなかった。この世の中に生まれてくること自体が勉強だからなぁ…。皆それぞれ形が違っていても、生きているということは何かしら学んでいるんだ」そのときは、母の言っていることの意味が全然わからなかったが、今は理解できる。

現在、何もない私であるが、降り注ぐ太陽の光を浴びて、自由に自分の好きなように過ごせる幸せを感じている。

学生時代にこんな夢を見た。真っ黒な闇の中をどこへ行けばいいのかわからず、あてもなく前に進むと眩しい光が見えてきた。今のこの時間が、あのとき夢で見た太陽の光であったのだ。70年という歳月を苦しみながら耐え抜いてきたからこそ、そう考えられるのかもしれない。

「人」という字は、2つの麦わらが支え合って立っている姿だと聞いたことがあるが、私だけでなく、全ての人たちがお互い支え合って生きているのだ。そのことに今頃気付いた。

人は自分以外の人たちと共同生活をしながら、それぞれの使命を果たしている。これまでに経験してきた喜怒哀楽を思い出してみれば、自分1人だけで世の中が成り立っているのではないということがよくわかる。

最近、高校時代の友達から、私の住む近くの山に登ったと写真が送られてきた。感激のあまり即電話をして登山開始場所を聞いてみると、そこは子供時代に1人で川に洗濯に行き、いつまでも帰らないのでお祖母ちゃんが心配になり探しに来てくれたところの道の上だった。

小学生だったか中学生の頃だったかよく覚えていないが、洗濯機などない時代、夏休みの午前9時くらいに家族6人分の洗いものを担ぎ、川に行っていた。そこにはコンクリートで出来た2mくらいの洗い場があって、皆はしゃがんで洗うのだが、私は水の中に足を入れスカートが濡れないように全て裾をパンツの中に押し込み、ブルマのようにして洗濯していた。

誰も洗いに来ない時間を見計らって深さ30㎝くらいの川の中に入り、コンクリートの洗い場を洗濯板の代わりに使っていた。透き通る水の中で私の足をメダカやフナや金魚が「これは何だろう」とツンツン、ツンツンと突いてくる。とても気持ちが良く、洗うのはそっちのけ。ザルとバケツを持参して行き、魚釣りに夢中になって数時間経っても家に帰らないため、お祖母ちゃんが何をしているのか見に来るのが日常だった。お祖母ちゃんは

「早くしないと夜になり、今日中に乾かない」と言って、度々手伝ってくれたのだ。

送ってくれた写真の上には神社があり、お祖父ちゃんが神社に灯篭などを奉納していた場所である。小学生のとき、神様が舞い降りると言われていた儀式「巫女舞」を踊ったことがある。頭に花かんざしを差し、白衣に真っ赤な緋袴を身に着け、千早を羽織り、白足袋を履き、手には鈴を持って、たくさんの人の前で踊りを披露したので忘れることができない。子供時代には階段に手すりがなくてすぐにはわからなかったが、この場所の上はとても広くなっていて、当時はお祭りなどもその場所で行われていた。とても懐かしい場所である。大人になってから田舎に帰ったときには、なんだかんだと忙しく、その場所に行ったことがなかった。この1枚の写真を見て、子供だった私を家族が心配していてくれたことが思い出され、次々にその頃の記憶が蘇った。

小学3年生になって本校に行くようになると給食が始まり、児童の親たちが交替で大量の給食を作っていた。出来上がった給食は当番の児童たちが教室まで運び、クラスの皆に配る。全員が着席すると「いただきます」と手を合わせ、食べ始める。食事が済むと「ごちそうさまでした」とまた手を合わせ、給食の時間が終わる。

○いただきます……食事に携わった方々へのお礼と食材への感謝を表す言葉である。例えば、ご飯であればお米の命を私の命にさせていただきますという気持ちを込めて言う。

○ごちそうさまでした…食材を揃えるために奔走（昔は冷蔵庫などなかったので）しながら大変な思いをして食事の準備をしてくれた人に感謝を込めて言う言葉である。

掃除や給食の配膳、あと片付けが遅れていれば、当番以外の人も手伝うのが当り前だった。お陰で助け合いの精神を学べたし、皆が平等であるという意識を強めてくれた。社会に出て行くための準備にもなっていたのだ。小学校時代は、整理整頓することや人を助けること、自分で片付けることなどに重点が置かれていたと思う。

最近、いつものように散歩をしていると小学校から「ありがとうございました」とものすごくたくさんの低学年の子供たちの声が聞こえてきた。

何にありがとうと言っているのだろうと不思議に思ったが、小さいときから学校でも「ありがとうございます」と教えていることを、この耳で確認することができて嬉しくなり、思わず顔がほころんだ。この学校の子供たちはきっと、大きくなっても普通に日本人として挨拶のできる人になるだろう。

また、別のときには、小学校にある15段くらいの階段のところで知り合いと思われる方たちが、腰を曲げてお辞儀をし挨拶をしていた。こういう風景がどんどんなくなり始めていると思っていたが、少し違っていたかもしれない。

私は小学3年生のときから電車に乗って学校に通っていたのだが、忘れられない出来事があった。その頃、毎日のように遅刻をする男の子がいて、先生が

「どうして毎日遅刻してくるんゃ？」

「僕より電車が先に行ってしまうんだぁ」

普通は「電車に乗れなかった」と答えると思うが、彼は少し変わっていたのだ。先生は

「毎日、電車が先なのかぁ。君が電車に勝たなあかんなぁ」

電車は30分に1本だったから、乗れなければ遅刻してしまう。それで1人で学校に来ていたのだ。えっ。知らなかった。あの子1人で歩いて学校に来ていたんだなぁ。駅から学校までかなり遠いので、皆と一緒ならペチャクチャとおしゃべりをしながら楽しい時間だったのに。

学校からの帰りには町中から歌謡曲が流れていた。水前寺清子の「三百六十五歩のマーチ」が元気よく聞こえてくる。

しあわせは　歩いてこない
だから歩いて　ゆくんだね
一日一歩　三日で三歩
三歩進んで　二歩下がる

この歌のように3歩進んで2歩下がってみた。これでは全然前に進まないではないかと思いながら、駅に向かったこともある。

私たちの子供時代は皆、勉強部屋などなく、茶の間で勉強をすることが多かった。我が家はとても部屋がたくさんあったが、勉強部屋を与えられたのは高校時代になってからだと記憶している。それまでは、茶の間というより20畳の板の間で時間があればせっせと勉強をしていたが、家の手伝いが優先されていたのであまり時間が取れなかった。板の間だったので勉強しているところを家族全員に見られていたのだが、お祖父ちゃんは「電気代がもったいない」と言って電気を消してしまうのだ。勉強しているときに電気を消されると頭に来ることもあったが、当時は友達も皆同じような状況だったと思う。

家で勉強する時間がなかったから成績はいつもビリだったと息子に話すと、「家で勉強しなくても先生の話を聞いていればわかるよ」またまたカチン。

まずはお祖父ちゃんが第一優先で逆らえない。次に父親。父が設計の仕事にかかるととても神経を使って部屋には近づかないように気を付けていた。また、テレビもお祖父ちゃんが大優先なので、私たちの見たいものはその次となり、ほとんど見れなかった。

そんな子供時代を過ごしたため、息子たちには早々に勉強部屋を与えたのだが、ちゃんと勉強をしていたかどうかはわからない。今はインターネットでゲームや動画など何でも見たり遊んだりすることができるのである。自分たちの時代の不満を味わわせたくないと思ってしたことだが、かえってとんでもない方向に進んでしまうきっかけになってしまうかもしれない。何事も我慢できないとか、他人のために譲るというようなことができない人間になっていくのではないか。リビングで勉強していれば、食事の準備などで母親が大変そうな様子が見える。そうすれば手伝ってあげようと感じてくれるかもしれない。そういう気持ちを持てる人間に育ってくれれば、大人になったときに社会人としての行動ができると思うので、スムーズに環境に馴染んでいけるはずだ。職場環境が悪いから仕事ができないというような言い訳や不満は言わないだろう。

私自身、お祖母ちゃんたちが話していることを何気に聞いていて、中学時代には親に反抗していたこともあった。けれど、私が病気のときに父親がおんぶして病院に連れて行ってくれたことをよく覚えている。当時は、卵やバナナが病気のお見舞い品であった。そんな貧しい時代に両親が「この子は身体が弱いから」と肝油を飲ませてくれたり、牛乳を取ってくれたりして、大切に育ててくれた。その頃の時代を思えば大変な贅沢であったと思う。

子供時代には家族から常に注意されてきた。

お祖母ちゃんから「小さいときからお便所掃除をすると、結婚してから自分の子供が美人で優しい子供が生まれるんやで」と聞かされ、なんの疑いもなく素直に実践してきた。その頃はポットン便所であり、鼻をつまみ、我慢をして4つのトイレを磨いてきた。

田舎での生活から環境の違う東京に出てきて何とか生きてこれたのも、両親がいつの間にか支えになって見守っていてくれたからだと感謝している。乳飲み子を抱え、苦しくてどうしょうもないときがあったが、自分からは両親に何も言わなかった。けれど、父親が夢の中で「お前が子供を抱いて泣いているから」と北陸から出て来て、玄関に立っていたときは驚きと有り難さで涙が止まらなかった。

義夫を出産してお宮参りを明治神宮で行ったが、7月後半でとても暑い日、母が作ってくれた夏の絽の着物を着て出かけた。すると、私たちの後ろでものすごい英語の会話が飛び交っていた。よく見ると、外人さんの団体を乗せたバスが2台ある。私たち家族が鳥居の近くまで来ると、そのバスのガイドさんが話しかけてきた。

「申し訳ありませんが、後ろの外人さんがビデオを撮りたいと言っているのですが、よろしいでしょうか?」

「ハイ、どうぞ。今のこの季節は暑いから着物を着ている人いないですものね」

「外人さんは実物を見たことがないので、大はしゃぎなんです」

その着物は、結婚するときに母とお祖母ちゃんが選んで持たせてくれた私の宝物であった。

２人目が生まれてから、最後の職場となる会社に就職した。その職場ではたくさんの上司の方々に支えられ教えられてきた。上司が退職されていくとき、「上に推薦するには礼儀作法、言葉遣い、仕事の進め方が大事なので、全てチェックしていた」と教えてくれた。

そのときには意味がわからなかったが、この歳になると周りの人たちの考え方や行動を見ていて「ン？　これは私がおかしいのか、ハテ他の人か？」と悩む出来事にぶつかる。上司が見ていた部分とは、もしかしたらこんなことだったかなぁと思うようになったので、紹介してみたい。会社の立場として不利なことがあってはならないというのが、もちろん前提である。

■会社で働く人間としての他者に対する礼儀

①初めて会う方への挨拶の仕方（腰を曲げる角度に注意。名刺は両手で受け取る）
②電話対応（相手を不愉快にさせない）
③お茶の出し方（上座、下座に注意。茶托へお茶をこぼさない）
④他人のものを許可なく使わない（親しい間柄でも図々しくならないように）

⑤欠勤、遅刻、早退をしない（時間を守る。責任感を持つ。投げ出さない）
⑥礼儀を欠かさない（仕事を手伝ってもらったら必ずお礼を言う）
⑦清潔な身だしなみ（メイクやヘアスタイルに気を付けて、落ち着いて行動する）
⑧最善を尽くす（目標達成に向けて努力する）
⑨相手の話を聞く（自分の考えや都合で行動しない。早とちりや思い込みに注意）
⑩皆と協力する（同僚が仕事が終わらないときは手助けをする）
⑪報連相（報告、連絡、相談をすること）
⑫私語を慎む（仕事中は業務と関係ない話をしない）

■言葉遣いと挨拶

「ありがとうございます」「お世話になっております」「よろしくお願いいたします」「申し訳ありません」「ご迷惑をおかけします」「ごめんなさい」「お疲れ様です」などの挨拶が日常会話の中できちんと使われていること。

上司は、こうしたことがちゃんとできているかを日々の中でチェックしてくれていたのではないかと思う。

中学時代、同じクラスにとても気の利く1人の女の子がいた。彼女を見ていて、どうして全てのことに先回りして行動することができるのかと感心していたことを思い出す。誰かが水をこぼせば雑巾とバケツをすばやく持ってきたり、怪我をした人がいればサッと自分のハンカチで応急処置をして保健室に連れて行ったり、私にはとてもできないなぁと思っていた。この子を見て、当時小さな決意をしたことを覚えている。あのときに決意したことを今も守れているだろうか。

家庭を持ち子供を育てながら会社勤めを続けていた私は、それぞれの厳しさを経験してきて、今、ようやく本当の意味で両親に感謝できるようになった。

子供時代は、外の仕事をして帰って来てから囲炉裏にお鍋をかけ、ご飯を炊いていた。お湯などなく、冬で水が凍っているときはご飯の準備で手が真っ赤になり、いつも霜焼けが出来ていた。お風呂も毎日というわけではなく、川の水をポンプで汲み上げて下から火を焚き、ぬるくなると別の場所で誰かにお願いして薪で焚いてもらわなくてはならなかった。ゴエモン風呂だったから、体が触れれば火傷をする。

洗濯は1枚1枚水に浸け、固形石鹸で汚れの多いところをもみ洗いしてすすぎ、手で絞って干していた。掃除も箒と雑巾、ハタキを使う。

田植えは横1列になって、1人が縦5本くらいを受け持ち、10人ほどが並んで親指と人さし指、中指で米の苗をつかみ、田んぼの線の引かれている場所に向かってまっすぐに植え付ける。指は赤むけになり、血が垂れる。稲刈りも1株ずつ刈り取り、十文字にして束ねる。稲を運ぶのも車がなく、荷車で3人がかりで何回も往復する。寒いときは囲炉裏に火を燃やし、部屋の中は火鉢かコタツのみ。農作業も鍬だけを使用する。

学校の中間試験であろうと何の試験があろうと、田んぼが優先。先生も家庭の事情を知っていて「田んぼを手伝う人、手を上げて」と言い、大体いつも同じ人たちが休んでいた。私が通っていた学校では、親がサラリーマンや商売人、農家の人など様々だったが、クラスで数名が手を上げていた。我が家は半業半農のため、時間をとても大切にしていた。女は字が書けなくても、炊事洗濯ができればいいという時代であり、私が「高校に行きたい」と言ったらお祖父ちゃんに猛反対され、中に入った父は大変苦労したらしい。

現在は冷蔵庫や電子レンジがあり、またコンビニに駆け込めば好きなものを買って食べられる。お弁当の中には数種類のおかずが入っているし、うどん、そば、お餅と、その日の好みでいつでも食べたいものを食べることができる。

お風呂は台所にいて遠隔操作で沸かすことができるし、温度調節をすることも可能だ。普通の家庭にはほとんど設置されている。お風呂に入っているパパと子供が上がるときや、タオルや石鹸などが必要なときには、浴室からスイッチを押すと台所にいる人に音が鳴って呼び出すことができる。温度設定しておけば何人もの人が続けてお風呂に入っても、お湯の熱さが保たれて温度が下がることはない。いつでもちょうどいい湯加減のお風呂に入ることができるのだ。お風呂の残り湯は洗濯機にポンプで汲み上げ、全自動洗濯機がボタン1つで洗濯、すすぎ、脱水までしてくれるし、終われば音で知らせてくれる。最近は、浴室に衣類乾燥機を置いているところも多いようだ。

日常の情報はテレビを見ればわかるし、天気予報の降水確率も以前より精度が上がった。水道からは温かいお湯が常に出るし、トイレは便座が保温されていて、どんなに寒い日でもお尻が冷たくなることはない。私の田舎でさえ水洗トイレとなっている。部屋の中はエアコンで常に快適だ。

国会中継などを見ていると、より一層女性の活躍が求められる社会に時代が変化していることを感じる。私が30歳くらいのときは、まだ男女平等ではなく、同期に入社した人たちでも男性は給与がどんどん上がり、女性の給与は何年経っても上がらないという時代であった。しかし、男女雇用機会均等法が施行されると差別がなくなり、私は数年であったが男性たちに交じって素晴らしい経験をすることができた。

昔の厳しい時代と現代との違いを見てきたが、お風呂にしてもトイレにしてもこんなに贅沢をしていてバチが当たらないかしらと、時々心配になる。近代化が進んで家庭の生活も一変し、女性が認められる素晴らしい時代に今、私たちは生きている。母やお祖母ちゃんたちにも、便利になった今の暮らしを経験してもらいたかったと思うことがある。

２０１９年９月９日　千葉県を台風15号が直撃した。
前日からニュースで報道されていたので、水や長期保存可能な食品を購入して台風に備えた。しかし、夕方は風がほとんどなかったので、本当に台風が来るのかしらと不思議に思っていたのだが、夜中の3時頃には風が強くなり始め、窓ガラスの割れる音なのか、ガシャンガシャンとものすごい音がするようになった。眠ることもできず4時くらいに起きて電気をつけようとしたが、明かりがつかない。仕方がないので懐中電灯で部屋を照らして朝食を早々と済ませ、コーヒーを飲んで風が収まるのを待った。明るくなり2階のベランダに出てみると、どこから飛んで来たのかわからないようなものが辺り一面に一杯押し寄せている。これは一体どこから来たのだろうと思い、1階に降りて外に出てみると、我が団地の十数名の男性がハシゴを持って災害のあった家々の補強工事と駐車場や倒れた物置などの応急処置をしていた。我が家のベランダに落ちていたものは数軒先のものだとわかり、ビックリ。そして周りを見てみると、屋根瓦が飛んでしまったり、駐車場の屋根がなくなったりしていて、大変なことになっていた。電気がつかないということは、電波が届かない。携帯も電話も使えないので、息子たちにこちらの状況を伝えられない。スーパーやコンビニは閉まっているし、信号機のランプはついていないし、倒れた木が道を塞いでいた。

翌日の10日には、息子が2時間かけて我が家を見に来てくれた。

「ホイ、うちわだぁ。暑くていられないだろう。これで冷やしていろ」と自分の携帯電話で心配している人たちに状況を知らせてくれた。

「よく気が付いたね～」と私。チョッピリ涙がホロリ。

毎日34度前後の日々が続き、汗だくである。洗濯物が溜まる。お祖母ちゃんの時代は洗濯機がなかったが、どうしていたかなぁ…。そうだ。川へ行っていた。川はないが手で洗えばいい。タライはないが漬物樽がある。水が出ているのだから足でもみ洗いし、手ですすぎ、絞って竿に干せばいいのだと思いつく。この暑さだもの、絞らなくてもいいだろうと思ったが、多少水分を取り竿に通した。

すると近所の人たちが「美里さん家だけ電気が来ているの？」と聞いてくる。手洗いをしたことを告げると、「家にもタライと洗濯板がある」と手洗いが始まった。

現在は日常生活が全て電気のため、電気がなければ何もできないと考えてしまうが、電気がない時代には冷蔵庫、洗濯機、電子レンジも何もなかった。その時代を思い出せば、考える楽しさも湧き出す。このときほど気持ちがワクワクしたのは久しぶりであった。近所の人の中にはシャワーに入りたいが冷たい水しか使えないからと、大量のペットボトルや子供用プールに水を入れ一番日光の当たる場所に置き、家族のシャワーにすると張り切っている人もいた。水が出ていたからできた些細な工夫であったかもしれないが、このように工夫することで小さな小さな自己満足に浸ったのは、私だけではなかったようだ。

9月16日、ニュースではまだ電気、水道が復旧しておらず、27日頃までかかると伝えていた。自分が経験したので、その人たちの気持ちが痛いほどわかる。地域の物資供給場所をもっと上手く伝達できないものかと、イライラしながら見ていた。災害が起きてから2~3日後には、ヘリコプターか何かで「ここに行けば水、ミルク、ブルーシート、充電可能」と必要事項を書いた紙を、住民に撒けばいいのにと思ったりした。また、地域の回覧板がこういうときに活用できるのではないかと思ったが、手書きしてでも知らせることが重要なのに何もない。自動車はガソリンがなければならないから、スタンドには長蛇の列が出来ていた。木や電柱が道に倒れていれば、車は通れない。

現在は素晴らしい情報時代であるが、いくらテレビで放送していても、被災した本人たちには届かないのではないだろうか？　テレビで、家の中から出ることのできない人たちを一軒一軒訪問しているのを見たが、「玄関の鍵は開けている」と一人暮らしの人たちが答えていた。我が家もあまり暑いので開けていたが、誰も他人の家に入ろうとしない。こうしたことが反対に、お互いを助け合う方向へとつながった。この治安の良さが日本である。

突発的な事故が発生し、電車が駅まで行かずに途中で止まってしまったことがある。朝のラッシュ時だったためたくさんの人たちに影響が出たが、誰も喧嘩をするわけでもなく、黙って乗客は1列に並び、秩序正しく歩みを進めている。また、乗客に迷惑をかけてしまったことに対して、90度に腰を曲げて謝罪する駅員さんの姿もテレビに映されていた。乗客たちの礼儀正しさもさることながら、この駅員さんの姿を見てこの国の高い民度の表れだろうと思った。

東日本大震災のような大災害があっても、日本人は秩序を守り、驚くほど落ち着いて行動していた。他人を労り、どんな災害に遭っても団結して立ち向かう精神が発揮された。

この国は明治維新後に短期間で列強となり、第二次世界大戦後も速やかに復興し、経済大国に発展していった。復興するためには経済成長だけではなく国民の民度の高さや他人を思いやる精神がいかに重要であるか、東日本大震災でわかったと伝えていた。危機のときに取る何気ない行動が積み重なり、今日の風景を作り出しているのだ。

2019年8月のニュースで「東京が世界一安全な都市になった」と伝えていた。確かに災害時に玄関に鍵をかけずにいても安心できる国は少ないと思う。反対に「無事で暮らしているか？」と住民がお互いに確認して歩いていたというのだ。近くの者が助け合って励まし合うスタイルは、日本だからできることなのかもしれない。

最近、私が住んでいる千葉の地域には、無人の野菜販売所が増えている。これは他人を信用しているからこそできることである。

しかし一方で、若い人たちを見ていると、小さなマナーを守れなかったり、礼儀作法を知らなかったり、簡単な挨拶ができなかったりするなど、日本人が持っていた素晴らしい文化が薄れてきているように感じるし、他人に対する心遣いができていない場面に遭遇することがある。

家族との会話や他人を思いやる心、相手の気持ちを理解し、義理と人情、古くから伝わる日本独特の伝統を引き継ぎ、礼儀作法を身に付け、誰に対しても敬意を払うようにさせていくことが、この国に生まれた者の義務であり、古くからの伝統を生かしながら新しいものも取り入れるということが望ましい。

今までの人生の道のりをバックしてぶち当たってみると、これが自分が歩まなくてはならない人生であるとはつゆ知らず結婚に夢を描きワクワクして未来を想像していたが何時の間にか道は何本にも分かれていた。

夜とはこんなに素晴らしいのだと感謝したのはつい先日のように思われる。

会社勤務時代、上司に叱られ目を真っ赤にして涙をポロポロと靴の上に落としながら歩いた夜の道。その姿は誰にも気付かれず前に進む。

そして、夜遅く9時頃に自宅に着き保育園のカバンを開けると
「明日必ずエプロンを持参のこと」

「えっ。この時間ではお店が開いていない。どうしよう」

涙は何処へ。母親にスイッチON。ミシンを取り出し布がない。ではでは何か良い案はないか……部屋の中をウロウロと歩き回り、咄嗟の応用。夫のワイシャツの袖と襟をチョンギリ前と後ろを反対にゴムを入れ後ろを前にしたのだからポケットを付ける。出来上がり。

先生「素敵な割烹着ですね」セーフ

翌朝、元気良く「行ってきます」子供を保育園に預け会社に入り私服をロッカーに放り込み制服へ。朝の時間は勝負時。ブラウスのボタンは掛け違い。リボンは片方だけ。スカートのファスナーは上げ忘れ。毎日正常な姿は何処に。ベストのボタンを掛けながら猛スピードで廊下を走る。朝の朝礼バッチシOK。本人すまし顔で独身に変身。昨日まで何していたっけ?

会社勤めと家庭の切り替え。子供がいたからできた経験。その歳だからできたこと。その時代だからできたこと。そのときにしか経験できなかったことが思い出される。

現在のこの自由な時間に感謝したい。

私はタダ働くだけの人生であり、財産も何もない。旅行と言えば国内に1~2泊くらいがせいぜいであり、海外を知らない。海外は日本よりももっともっと発展していて素晴らしいのだろうと勝手に思っていたが、違っているようだ。日本人は最も洗練されていて規律正しく、進んだ考えを持つ国民である。一人一人責任感があり、他国の人たちが日本から色々と学ぼうとしている。

私に残された時間がどれほどであるかはわからないが、女として生まれ自分の不完全な部分をどのように努力するかによって改善できるかが、この世に誕生した意味かもしれないと思うようになった。もう人生全て終わったのだと寂しくなることもあるが、今日一日を一生懸命に、この一瞬一瞬を大切に、明日すれ違う人たちとどんな会話があり笑顔でいられるか、とても小さな夢をワクワクしながら前に進みたい。

海外の一部の人たちの中には、今度生まれてくるときは絶対に日本に生まれたいと言っている人たちがいるようだ。高い民度の自治精神は日本人の宝。

日本人は心で接することによって相手を理解する。

そんな素晴らしい国、日本に生まれることができて最高の幸せと、神に手を合わせる私である。

あとがき

隣の芝生は青かった。

今まで少しも気付かなかった隣が見えてきた。隣はどの家を見ても、優雅にのんびりと日々を満足して何不自由なく幸せに暮らしているように見える。一方、私はどうかというと…、答えられない。冬の朝の暗いうちから家を出て、夕方暗くならなければ家に帰れなかったあの頑張りは何だったのだろう。芝生は青いどころか、ない。空しさがこみ上げてくる。

専業主婦を夢見た私だったが、気が付けば約50年の間、数ヶ所の会社を転々としてきた。どこの会社も共通の目標を達成するために役割を分担し、共に働く集団であった。売上アップ、経費削減を目標に、どうしたら利益を多く出すかが最大の課題であり、社内にはそれぞれ規則があり、上司には報告、連絡、相談は当たり前、自分の意見をしっかり持ち現状を説明することが求められた。得意先など社外の人たちに対する礼儀作法や言葉遣いなどを常に意識することは普通であったし、会社によってはマニュアル化されているところもあった。どこの会社でも、それほど差異はなかったように思う。社内においては、自分の小さな提案や改善策が承認されてプロジェクトを組んだこともあった。その取り組みがたくさんの人たちの時間短縮や業務改善に寄与できたときの感激は、今も忘れることができない。これが会社という組織の中での自分の役割であり、誇らしく感じていたし、大いに自己満足できるものであった。

ところが、退職してみるとどんなに頑張っても誰も認めてくれなくなる。工夫すること、努力をすることを考えようともしなくなってきた。これは歳のせいもあるかもしれないが、認められないということはこんなに寂しいものであったのだ。このまま呆けていくだけである。

携帯電話に、誰かわからないが「田舎に帰ってきたら会おう」とメールが入っていたので電話してみた。

「どなた様ですか?」

「私よ。声忘れた? 50年以上になるから声も変わったかなぁ」

結婚して姓が変わり、わからなかった。

彼女から「××や。わかるやろ」と言われたときは、天にも昇る思いだった。

「えっ、××ちゃん？　嬉しい。ぜひ、お願い。○月○日に実家に行くから」

彼女は「18歳時代のグループに久しぶりに会おう」と言ってくれた。

遥か昔、当時の気持ちに、私はすぐに飛んで行った。

あぁ…あの頃の私は夢を一杯描いていたが、今はいずこへ？

子供の頃は人前に出るのが大嫌いで、家にお客さんが来ると部屋の中に隠れていた。友達の家に遊びに行きたくても1人では行けず、お祖母ちゃんに付き添われて遊びに行っていたほどだ。学生時代も、自分から手を上げて答えることはなかった。答えがわからなかっただけだけど。私はそんな子供だったのだが、振り返ってみると数十年前には何十人もの男性の前で堂々と自分の意見を述べていた。この差はなぁに…。人とは、こんなにも変わっていくものなのだと最近悟った。

私の人生の中でいつからこのように変化していったのだろうと考えてみたが、答えられない。

ただ、1つだけわかったことがある。

この歳になってみると「えっ、あの人が社長？」とビックリ(@_@)するようなことがあるが、この人も私同様にどこかで何かを察知して変化のタイミングが訪れたのであろうと思われる。

社会に出てからが本当の勉強であったことは間違いない。天才は1パーセントのひらめきと99パーセントの努力だと聞いたことがある。人生もそうかもしれない。生きる努力をしない人生はありえない。

これまでたくさんの人たちと触れ合う中で、意見の違いや女性に対する偏見、子育て方法の相違、世代間ギャップなど、多くの人たちそれぞれの考え方を知り、たくさんのことを教えられ、その都度、様々なことを学ばせてもらい、ここまで来た。一般常識である言葉の勉強を欠かさず、また目上の人たちを大切にし、先輩たちの意見を素直に受け入れ、他人の意見に対して聞く耳を持ち、なおかつ自分の意見もしっかり告げてきたつもりである。

そういう気持ちを持ちながら過ごしてきたからなのか、恥ずかしがり屋で人前に出られなかった私が、今は「どうしたの?」と自分でも思うくらい変わることができた。これこそが、私が生まれてきた理由であり、果たさなければならなかった前世からの課題だったのかもしれない。

私とご縁のあった方々、本当にありがとうございました。

今、こうして私の感じてきたことを本にして残せることを幸せに思います。

出版にあたって協力してくれた友人たち、応援してくださった先輩方、そしていつも私を支えてくれる家族に、心よりお礼申し上げます。

略歴

坂本　春美子（さかもと　すみこ）

1947 年 9 月　福井県に生まれる。

中学時代からＯＬに憧れ、村から少し離れたところに行きたいと希望に胸を膨らませていた。そのときにはまさか東京に出て行くことになるとは考えてもいなかったが、親戚も知人もいない場所への就職となった。

東京で結婚生活を始め、個人会社やセールスを経て、36 歳で大手企業に就職。40 代半ばで管理職に就いた。家庭を持つ女性が会社勤めを続けることは難しい時代であったが、無事に定年退職を迎えることができた。

その後、第二の職場、国の研究所で派遣社員として職に就くも、体力の限界を感じて 67 歳でリタイヤ。専業主婦となった今、１日の時間の使い方がわからず大きな課題にぶつかることに…。

バックオーライ、ぶち当たるまでオーライ

2020 年 8 月 1 日　第 1 刷発行
2021 年 5 月13日　第 2 刷発行
2023 年 3 月 1 日　第 3 刷発行

著　者　坂本春美子
発行人　大杉　剛
発行所　株式会社 風詠社
〒 553-0001　大阪市福島区海老江 5-2-2
大拓ビル 5 - 7 階
TEL 06（6136）8657　https://fueisha.com/
発売元　株式会社 星雲社
（共同出版社・流通責任出版社）
〒 112-0005　東京都文京区水道 1-3-30
TEL 03（3868）3275
印刷・製本　小野高速印刷 株式会社

ISBN978-4-434-27819-8 C0095

乱丁・落丁本は風詠社宛にお送りください。お取り替えいたします。